AF571351

Le bon, la douce et la caillera

5-7, rue de l'École-Polytechnique ; 75005 Paris
http://www.librairieharmattan.com
diffusion.harmattan@wanadoo.fr
harmattan1@wanadoo.fr

ISBN : 978-2-296-02940-8
EAN : 9782296029408

DIABY DOUCOURÉ

LE BON, LA DOUCE ET LA CAILLERA

Préface de Faïza Guène

Photos de Camille Millerand

L'HARMATTAN

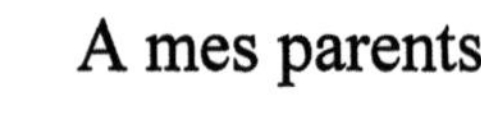

A mes parents

Préface

Comme beaucoup d'entre vous, il m'est arrivé plus d'une fois, avachie sur mon canapé, de pousser ma colère face à la lucarne diabolique qui nous vend des bouteilles de soda et déforme nos vies. Cet œil malade qui se fait le complice d'une société à la dérive. Salauds de journalistes ! Bande de mythos ! C'est faux ! Ce n'est pas la vérité ! Ou au moins pas la mienne...

Est-ce uniquement la faute de ces terroristes médiatiques et de leur alliance « chétanesque » avec le pouvoir ?

Je le croyais jusqu'à ma rencontre avec Mamadou. Dans ce reportage, Mamadou est ce qu'on appelle en journalisme déchétique, « un guide ». Grâce à Mamadou, nous allons découvrir la cité des Bosquets à travers quelques circuits touristiques incroyables.
Oh ! Des ossements de voitures brûlées ! Ouah ! Une cage d'escalier délabrée ! Eh ! La chambre des frères de Mamadou qui compte du doigt tous les lits superposés installés là.

Mamadou nous raconte l'enfer et aussi, ses démêlés avec la justice. Car c'est un voyou qui vient de nous montrer le repère de milliers d'autres voyous potentiellement capables de « niquer la France ».

Alors moi qui pensais que Nous étions victimes de l'injustice de leur formule mathématique :
BANLIEUE+VIOLENCE+IMMIGRATION=PEUR=BULLETINS SUPPLEMENTAIRES DANS LES URNES.

Et que les bâtards c'était EUX.

J'étais NOUS, jeunes de banlieue qu'on accusait de conduire la France à l'incendie national.

J'étais NOUS Sans Papiers qui menions des grèves de la faim et qu'on soupçonnait d'envahir le territoire comme en 40.

J'étais NOUS musulmans à qui on reprochait de semer des mosquées dans les champs de vignes de Jean-Pierre Pernault et de cacher des bombes dans les aéroports.

Je suis devenue sceptique. Pourquoi Mamadou ? Pourquoi leur donner raison ? T'es un ouf ou quoi ? N'as-tu pas toi aussi la responsabilité que j'ai de donner une image plus nuancée, plus juste ?

Il n'y a pas que les bandits ou les gentils éducateurs sportifs…(en journalisme déchétique ce sont « les grands frères ».)

Mais je comprends que comme moi Mamadou regarde la lucarne diabolique et qu'il avale les mêmes ingrédients que moi et que Jean-Pierre Pernault.

Faïza Guène

Introduction

Depuis quelques mois, les voyages de Sophie s'effectuaient moins avec son passeport qu'avec sa carte orange. « C'est le métier qui rentre ! », rigolait son chef quand elle arrivait en courant au bureau, exténuée par un trajet interminable aux heures de pointe, n'ayant plus que 20 minutes pour rédiger son papier avant le bouclage.

Le métro et le bureau étaient tout ce que Sophie, née à Bordeaux et habitant dans le 7ème arrondissement, connaissait de la banlieue.

Elle était en train de terminer son compte rendu d'une conférence de presse du ministère de la Jeunesse - elle n'avait plus que sept minutes avant de le « balancer » au secrétaire de rédaction - lorsqu'elle surprit le regard de son chef de rubrique, à la fois tourné vers elle mais regardant dans le vague, comme si Sophie était un obstacle transparent entre lui et un monde plein de possibilités. Sophie connaissait bien ce regard et ce monde de possibilités : c'était celui où il était possible, voir probable que son papier ne passe pas, parce que son chef adoré était en train d'avoir une autre idée.

D'un bond en arrière, elle se redressa : « Ah ! Non ! » Eric (son chef) affichait un timide sourire et lui demanda : « Et à la conf' de presse, tu t'es fait chier ? » « Grave, lança Sophie, c'est toujours les mêmes discours. On ne comprend même pas ce qui a réellement été fait de ce qui demeure de l'ordre de l'intention. Il y a un tel décalage entre les salons du ministère et les voitures qu'on voit brûler à la télé… »

Silencieux, Eric affichait un sourire approbateur et vainqueur. Sophie comprit immédiatement. Son attitude changea : quittant sa pose boudeuse, elle décroisa les bras et tendit tout son corps, droit vers l'avant, prête comme sur des starting-blocks, pour mieux écouter.

Eric enchaîna illico :

- Qui y avait-il ? Des habitants, des associations des quartiers impliqués dans les événements de novembre ? Des travailleurs sociaux ?

Sophie soupira :

- Pas l'ombre d'un doute. En revanche le nombre important d'attachées de presse, directeurs de communication, chargés de missions… était impressionnant. Le seul black présent, c'était le vigile à l'entrée qui m'a demandé d'ouvrir mon sac.

- Tu vois, il faut aller sur le terrain, martela Eric. Prend ton temps, rencontre des gens, discute avec les différents acteurs - et je dis bien acteurs - pour essayer de comprendre ce qui s'est passé, quel est le constat actuel et ce qui pourrait changer. Tâche de savoir quelles sont les aspirations des gens. Montre-nous une banlieue qui n'est pas la caricature que l'on a pu dépeindre à la télé.

Tiens a ce moment, Arnaud, - qui occupait le bureau face à celui de Sophie, et qui la détestait- se mit à glapir d'un ton très wachi wacha :

- Mon Dieu ! Sophie-Charlotte va aller chez les gueux ! C'est épouvantable ! La pauvre chérie n'en reviendra pas vivante, ils vont la manger, crue ! Vous savez, ma chère, ces gens-là sont cannibales…

Eric le calma aussi sec.

- Ta gueule, Zavatta. Justement comme se parlant à lui même, elle portera sur les choses un regard plus neuf que nous. Mais cela dit… ce n'est pas con, ce que tu dis. Il lui faut un guide, quelqu'un qui lui explique ce qu'elle verra, l'emmène aux bons endroits et la prenne sous sa protection, puis se tournant vers Sophie :

- Je vais demander à Sékou, un gars d'une cité qui veut organiser un match de foot entre les flics et des jeunes de son quartier. Il préside une association. Il doit passer cet après-midi au commissariat de la Cité Lescure, à Aubervilliers. Je le sais parce que mon beau-frère, Lionel, est commissaire et m'a présenté ce type là. Tu devrais y aller, il est cool et je suis sûr qu'il acceptera volontiers ».

Tout en avalant un sandwich, Sophie consulta Internet pour en savoir plus sur Aubervilliers et la cité Lescure : un quartier difficile en pleine mutations, situé en Zone Urbaine Sensible. Un projet de requalification y est en cours, le collège est en Zone d'Education Prioritaire, le taux de chômage des jeunes dépasse les 50%, il existe un fort sentiment d'insécurité, le rapport du ministère de l'Intérieur annonce une délinquance en forte hausse…

Avant de partir, Sophie risqua une dernière question :

- Eric, toi qui connais les lieux… ça ne risque rien pour ma voiture »

- Non à cette heure-ci, il y a du monde dans le quartier, et puis de toute façon Lionel t'attend. Bye.

C'était clair, net et définitif.

Sophie était songeuse en allant vers sa voiture, qu'elle garait au parking souterrain du bureau, préférant les transports en commun pour ses déplacements dans la journée.
Qu'est ce qui allait se passer ? Quel monde l'attendait de l'autre coté du périph en guise de bienvenue ? Allait-elle se retrouver dans une de ces fameuses tournantes ? Ou se faire mordre par un pit bull ? Heureusement ce matin, elle avait eu l'intuition de s'habiller de façon neutre, élégante sans ostentation, parce qu'elle se voyait mal « flâner » en tailleur et talons aiguilles dans les terrains vagues en compagnie d'un rappeur mal dégrossi. C'est en imaginant Bernadette Chirac et Joey Star marchant bras-dessus, bras-dessous au milieu d'immeubles en ruine que Sophie démarra, le sourire aux lèvres.

C'est ainsi que la belle Sophie se dirige vers ce quartier inconnu de Lescure. Elle trouve le trajet un peu long. Quelle idée de construire des quartiers si excentrés? Lionel avait raison, le quartier est bien indiqué en sortant du périphérique, c'est tout près de la zone industrielle.

Sophie

- Tiens, voilà le commissariat de la Cité Lescure, je vais appeler Lionel pour lui dire que je suis devant le commissariat.

- Allo! Je suis devant l'entrée du commissariat ! Tu viens à ma rencontre ?

Lionel

- Oui, dans 2 minutes.

Sophie

- Ok ! Bye !

Il faut qu'il se dépêche, me retrouver entourée de ces délinquants me donne des frissons. On se croirait dans le Bronx : même ambiance sinistre.

- Ah ! Enfin le voila!

A peine remise de ses émotions, Lionel l'installe dans son bureau, il va chercher Sékou, elle est impatiente de le voir mais en même temps ne peut s'empêcher d'avoir une trouille monstre. Elle s'imagine un grand noir baraqué, sapé comme une « racaille » avec capuche, grosse bague au doigt, lunettes cartier, grosse chaîne au coup comme dans le film « Ma Cité va craquer ».

Quelqu'un frappe à la porte, c'est bien un noir mais pour le film, il faudra revoir : il est habillé d'une manière chic, ses chaussures brillent et il a un sourire malicieux. Sophie semble être surprise, elle ne s'imaginait pas un instant avoir à faire à un homme aussi élégant.

Lionel lui demande de s'asseoir, il fait les présentations et les laisse tous les deux dans le bureau.

Pas très à l'aise, Sophie commence son interview :

Sophie

- Bonjour ! D'après ce que m'a dit Lionel, vous connaissez bien la cité Lescure. Dans peu de temps, nous allons heureusement fêter l'anniversaire des émeutes qui se sont déroulées dans les banlieues. Dans le cadre de mon boulot de journaliste, je dois faire un papier sur ce joyeux anniversaire. J'aimerai parler des changements qui ont été réalisés mais aussi faire un portrait des habitants qui vivent dans ces quartiers. Est-ce que je peux enregistrer notre conversation afin de faciliter au mieux la retranscription de l'entretien?

Sékou

- En tant normal, je ne donne jamais d'interview pour les journalistes, je le fais pour mon pote Lionel, je vous demande de ne pas révéler mon identité.

Sophie

- Pas de soucis. Bon! On va commencer. Déclinez votre identité : nom, prénom, date de naissance et situation professionnelle!

Sékou

- Mon nom : Sissoko, prénom : Sékou, j'ai 28 ans, né à Aubervilliers dans le 93, malien avec les papiers français, chômeur depuis quatre ans.

Sophie

- Revenons un instant sur les émeutes de l'an passé. Que s'est t-il passer ?

Sékou

- Au début, on est parti du décès de ces deux jeunes à Clichy, morts électrocutés, ensuite les choses se sont enchaînées en peu de temps.

Sophie

- Mais que s'est il concrètement passé à la Cité Lescure ?

Sékou

- Des jeunes ont mis le feu à tout le quartier, ils ont brûlé des voitures, des poubelles, un gymnase et une école élémentaire. J'avais jamais vu des actes d'une telle violence, les jeunes étaient déterminés pour tout casser et tout cramer. J'ai essayé de les raisonner mais rien à faire, les appels aux apaisements n'ont rien donné.

Sophie

- Ces violences ont été perçues par l'opinion comme des actes d'autodestruction, sans revendication particulière, il en est ressorti une forte demande de sécurité? Qu'en pensez-vous?

Sékou

- Je ne suis pas d'accord avec ce genre d'agissement, casser, brûler, saccager gratuitement des biens, c'est n'importe quoi ! Les jeunes ont agi sans trop réfléchir, ils ont attaqué des biens qui leur sont utiles pour eux et pour leur famille. Mais quand tu as un demi-cerveau, tu veux faire quoi de plus ?

Sophie

- Pourtant des cerveaux intelligents, il en existe beaucoup dans les banlieues. Certains ont lancé une initiative autour de l'inscription sur les listes électorales, c'est la meilleure façon de s'exprimer en démocratie.

Sékou

- Je suis mal placé pour parler, j'ai pris ma carte d'électeur juste après les émeutes. Les jeunes ne doivent pas faire comme nous, ils doivent se servir de leur bulletin de vote pour faire entendre leur voix. Si tout le monde en faisait de même cela ferait longtemps qu'on nous aurait entendus.

Sophie

- Pour un président d'association ce n'est pas sérieux, tu ne montres pas l'exemple. *Ce tutoiement permit de briser toutes les barrières.*

Sékou

- Je sais mais la politique ne m'intéresse pas, on a l'impression qu'il n'y a pas de différence entre le discours de la droite et de la gauche. Je me souviens de l'expression employée par un ministre de gauche qu'il traitait les jeunes de sauvageons. C'est peut-être moins violent que le terme « racaille » mais dans le fond on stigmatise toujours les jeunes de banlieue.

Sophie

- Ok, pour mon article, j'aurai besoin de renseignements sur ta famille. Comment s'appelle ton père?

Sékou

- Pourquoi tu me poses toutes ces questions, tu bosses pour la brigade des stups ?

Sophie

- Non, mais comme on dit que la polygamie est l'une des causes des émeutes, j'aimerai juste en savoir un peu plus sur tes parents.

Sékou

- Quoi ! Qui a décrété que la polygamie était à l'origine des émeutes ? C'est n'importe quoi ! Si c'est ça tes questions, ça m'intéresse pas trouve-toi un autre pigeon...Bye !

Sékou se dirige vers la porte et laisse Sophie plantée là.

Sophie

- Ok ! D'accord, excuse-moi, je manque de diplomatie, reviens t'asseoir, on reprend tout à zéro.

Sékou

- Ok ! Mais plus de question bidon.

Sékou se rassoie, Sophie rouge de confusion reprend son papier et continue son interview.

Sophie

- Parles-moi un peu de tes parents.

Sékou

- Mon père se nomme Modibo Sissoko, né vers 1952 à Tambacara au Mali. C'est le plus jeune de sa famille. Il a du reste 8 frères et sœurs dont trois sont morts de maladie en bas âge, il n'est pas polygame.

Sophie

- Elle se situe dans quelle partie du Mali, la ville de Tambacara ?

Sékou

- C'est un village et non une ville ! Il est situé dans la première région du Mali à Kayes, si tu préfères dans le cercle de Yélimané. C'est de ce cercle que la plupart des ressortissants maliens vivant en France sont originaires.

Sophie

- Quelle est sa date de naissance exacte ?

Sékou

- Je ne connais pas sa date de naissance exactement. Sur ces documents officiels, il est stipulé qu'il est né en 1952. Je n'en sais pas plus. Il est bien écrit : « né vers... »

Sophie

- Ne nous attardons pas ce n'est qu'un détail. Pourrais-tu me donner le nom de ta mère ?

Sékou

- Elle s'appelle Hawa Sissoko, née vers 1962 à Tambacara elle aussi. Ma mère a été élevée par ses grands parents, elle est fille unique.

Sophie

- Je constate que tes parents ont le même nom de famille.

Sékou

- Eh oui ! Au bled, les cousines sont faites pour les cousins.

Sophie

- As-tu des frères et sœurs ?

Sékou

- Oui, j'ai un frère jumeau ! Il s'appelle Djibril. C'est un jeune homme sérieux. Il va à l'école. C'est la « grosse » tête de la famille. A la maison il y en a que pour lui, c'est le chouchou. J'ai aussi une petite sœur de 17 ans qui s'appelle Aminata.

Sophie

- Est-ce que je pourrai les rencontrer ?

Sékou

- Ok ! Pas de problème.

MA CITÉ VA CRAQUER

« Nous devons apprendre à vivre ensemble comme des frères, sinon nous allons mourir tous ensemble comme des idiots. »

Martin Luther King
Extrait de discours le 31 mars 1968.

Sophie

- Depuis combien de temps, habites-tu dans la cité Lescure ?

Sékou

- J'y suis né. J'ai toujours vécu ici. Je n'ai pas l'intention de quitter mon quartier « J'y suis, j'y reste ». Tous mes potes sont là. Je préfère dix fois mieux rester à la Cité Lescure que de me retrouver dans un autre quartier où c'est la merde, franchement, non merci !

Sophie

- C'est un quartier que l'on qualifierait de plutôt chaud ?

Sékou

- Je ne sais pas d'où tu tiens tes informations, je pense que nous n'avons pas la même approche du terme de quartier chaud.

Sophie

- Avant de venir, j'ai surfé sur Internet, j'ai trouvé beaucoup d'articles présentant la cité Lescure comme un quartier chaud. Alors tu m'excuses, je vérifie mes informations, ce n'est pas vrai qu'il y a deux ans une voiture de police a été brûlée dans le quartier ?

Sékou

- C'est vrai, mais il ne faut pas faire d'un cas une généralité, il faut arrêter de fantasmer sur ce quartier. C'est plutôt tranquille et sincèrement, j'ai pas le sentiment qu'ici les gens sont malheureux. Mon quartier a de nombreux côtés positifs : il est situé près de Paris, il est bien desservi par les bus et le métro. Je le kiffe grave ce quartier moi !

Sophie

- Tu dis que c'est un quartier tranquille, pourtant je te rappelle encore une fois : le rapport du commissariat est édifiant. Ils recensent des plaintes tous les jours sur des problèmes de nuisances, squats des halls, trafics de stupéfiant, vols à l'arrachée, la liste est longue, tu veux que je continue ?

Sékou

- Non merci ! Il faut faire la part des choses. Je ne dis pas qu'il n'y a pas de problème, mais je suis sûr que les commères en rajoutent beaucoup. Elles vivent avec la nostalgie du passé.
Il fut un temps où tout allait bien et tout le monde se respectait. Il n'y avait pas de dégradation dans les halls. Les voisins ne t'emmerdaient pas avec la musique à fond « Avec sa musique à fond, mon voisin est un con ». Chacun faisait attention à ce que les enfants ne fassent pas trop de bruit.
Malheureusement, depuis une quinzaine d'années les choses se sont fortement dégradées.
Mes parents partagent aussi ce diagnostic, ils nous ont expliqué que lorsqu'ils sont arrivés à Lescure à la fin des années 1970, pour eux c'était l'eldorado. Auparavant ils habitaient dans un

petit appartement de 40 mètres carrés, sans toilettes, la merde quoi!
Avec la naissance des jumeaux c'était devenu trop exigu, il leur a donc fallu trouver un autre appartement plus spacieux…

A cette époque, mon père travaillait dans une usine d'assemblage de pièces automobiles à Boulogne Billancourt. Pour loger ses ouvriers, l'entreprise avait fait construire des appartements à proximité du lieu de travail. C'est de cette manière que nous avons atterri à Lescure.

Je me souviens de l'accueil chaleureux de nos voisins, lorsque nous sommes arrivés. Ils étaient trop cool. Nous étions souvent invités à manger chez eux. Nous étions tout le temps avec leurs enfants. Dans la cage d'escalier il y avait des familles qui possédaient un profil différent, il y avait des familles ouvrières, des employés et même un médecin au rez-de-chaussée.
L'environnement extérieur était très agréable. Nous disposions d'un cadre de vie magnifique avec un parc d'un hectare, des bancs, des jeux, des écoles bien entretenues…

Sophie

- Tu me dis que ton quartier s'est fortement dégradé depuis 15 ans, selon toi, quelles en sont les raisons ?

Sékou

- Je te disais que lorsque nous sommes arrivés il y a 28 ans, notre quartier ressemblait à quelque chose de vivant, il y avait des commerces, des écoles de qualité, des services publics, nos immeubles étaient bien entretenus, nos logements étaient confortables, les gens s'appréciaient mutuellement.

Nos voisins étaient trop cool avec nous mais le jour où le mari puis la femme ont tous les deux connu le chômage les relations se sont dégradées.
Aujourd'hui, il ne reste plus que la pharmacie, la boulangerie et le p'tit Chaoui utile pour les petites courses. A part eux, les autres commerces ont mis la clé sous la porte. Les immeubles ne sont plus entretenus. Il y a un réel laisser aller.
On ne sait même plus qui fait quoi où plutôt qui est responsable de quoi.

As-tu déjà vu un quartier où les habitants se garent où ils veulent ?

As-tu déjà vu un quartier où lorsque il y a des travaux à effectuer dans la rue ou à notre domicile, on ne sait même pas à qui s'adresser ?

A ce niveau, il me semble qu'il y a des lois à respecter. C'est devenu la loi de la jungle et chacun fait ce qu'il veut et comme il veut.
Aujourd'hui notre quartier ressemble plus à un quartier d'un pays du tiers monde qu'à l'avenue Foch. Mais malgré tout cela on tient toujours le coup, debout.

Sophie

- Pourtant votre quartier bénéficie de moyens colossaux, il est en ZUS[1], les écoles en ZEP[2], il y a un contrat de ville[3], et surtout il est retenu dans le cadre de l'Agence Nationale de Renouvellement Urbain*.

Sékou

- Tout ça c'est que du vent ! Tous ces sigles ont servi à quoi ? Cela fait bientôt 15 ans qu'on nous parle de rénover les immeubles. Ils réalisent des tonnes d'études urbaines, sociales et économiques qui débouchent sur pas grand-chose, ils construisent des montagnes qui accouchent de souris : Il y a même des associations qui se créent pour venir gratter les subventions parce que notre quartier est en contrat de ville.

Franchement, on en a marre de tous ces profiteurs qui se sucrent sur notre dos, ce serait sympa qu'ils aillent dans les beaux quartiers de Panam se faire leurs tunes. Tu vas voir comment les bobos vont les accueillir avec leur projet à deux balles !

Sophie

- Sais-tu qu'une bonne partie des immeubles vont être détruits ?

Sékou

- Je ne suis pas d'accord avec eux, pour moi ce n'est qu'un faux problème. C'est dingue, j'ai l'impression qu'ils ne se rendent pas compte qu'ils ne font que déplacer le problème ailleurs.

Ces personnes veulent détruire le centre du quartier pour le désenclaver.

Je suis totalement contre car cette ancienne place est notre seul lieu de rencontre. Enfin, je ne comprends pas que l'on puisse détruire des logements où des familles ont vécu pendant plus de vingt ans sans se soucier des conséquences psychologiques que cela peut produire pour ces familles.

Sophie

- Il faut pourtant le désenclaver ce quartier, lui redonner une attractivité économique, favoriser la mixité sociale.

Sékou

- Le désenclaver, je ne vois pas pourquoi ? Par le passé, quand tout allait bien l'agencement de ce quartier ne posait aucun problème à qui que ce soit. Les individus ont tendance à oublier que notre quartier fonctionnait comme un village avec sa grande place pour le marché, un parc avec des jeux pour les gamins aux pieds d'immeubles ce qui permettait aux parents d'avoir un œil sur leurs enfants.

Tu me parles de mixité sociale, j'ai oublié ce que ça veut dire.

Sophie

- La mixité sociale a pour principe de faire venir des personnes ayant une bonne situation sociale, et pour ce faire, leur permettre d'acquérir des appartements ou des maisons à des prix attractifs.

Sékou

- Si je comprends bien ton truc, mes parents ont payé des loyers durant 28 ans dans ce foutu quartier et demain vous allez les jeter dans une cité située dans un bled perdu et à leur place vous allez nous mettre des p'tits bobos opportunistes qui vont venir s'installer tranquillement parce que le prix du mètre carré est moins cher qu'à Paris. Donc vous vous foutez de notre gueule.

Je vais me battre contre votre mixité sociale et je ne serai certainement pas le seul. Si vous pensez que l'on va rester là, les bras croisés sans rien faire, vous allez vite vous apercevoir du contraire.

Je ne sais même pas pourquoi je m'attarde sur le sujet car je sais d'avance que cela ne marchera pas !

Sophie

- Sur quels faits te bases-tu pour dire que cela ne marchera pas ?

Sékou

- Tu penses que ces gens sont des débiles profonds. Ils ne connaissent que trop bien notre collection de sigles. Crois-tu vraiment que ces personnes vont venir habiter dans un quartier en zus, ce qui signifie pour eux une forme de relégation ? Tu les entends dire à leurs potes, « moi j'habite dans la zus de Lescure »? Jamais de la vie.

Franchement tu les vois mettre leurs mômes dans une école en ZEP ? C'est la honte pour eux ! De plus, grâce à la carte scolaire ils auront l'obligation de scolariser leurs enfants dans le quartier.

Sophie

- En ce qui concerne la carte scolaire, ce n'est pas un problème. Ils useront de dérogations.

Sékou

- Tu vois ! Encore une stratégie d'évitement qui ne m'étonne pas du tout. Je connais bien le problème. Mes voisins ont tous inventé des adresses bidon sur Paris pour avoir des dérogations pour scolariser leurs enfants.
Ce que je trouve inadmissible c'est que mon père a voulu faire la même chose et il s'est fait royalement jeter en l'air.

Sophie

- Je suis surprise que tu en saches autant sur ces dossiers.

Sékou

- Eh Oui, Djibril participe à toutes les réunions portant sur ces projets de rénovations. A la sortie de chaque réunion, il fait un compte rendu à notre père.
Lorsque je l'entends parler, je ne peux m'empêcher de rire. Il y croit vraiment.

Sophie

- Pourquoi ton père ne participe pas à ces réunions ?

Sékou

- Au début mon père allait à toutes les réunions. N'oublie pas que les Elus sont malins, pour te faire avaler la pilule, ils emploient un vocabulaire très technique. Tu as du mal à suivre. Difficile de tenir la distance lorsque t'es complètement paumé. Donc tu te décourages et finalement, tu n'y vas plus. C'est chouette comme stratégie. Et dire que cela dure depuis quinze ans.

Sophie

- Pourquoi agiraient-ils de la sorte ?

Sékou

- C'est simple, Ils n'ont tout simplement pas le courage de dire la vérité à leur population. Ils ne sont pas sans savoir que pour modifier entièrement un quartier, il faut dépenser beaucoup de tunes. Le budget qui leur est alloué est ridicule et ne leur permet pas de tout réaliser.

Sophie

- Où as- tu trouver ces renseignements ?

Sékou

- La semaine dernière, j'ai eu la mauvaise surprise de lire dans un journal que notre ville était endettée. Le préfet voulait, de ce fait, la mettre sous tutelle.
Djibril me saoule tellement avec sa politique, qu'il m'est impossible de ne pas être au courant de ce qui se passe.

Sophie

- De toute façon, il faut bien commencer un jour et j'ai l'impression que tout le monde tire enfin dans le même sens.
Des architectes ont été retenus. Votre dossier est en cours d'instruction à l'Agence Nationale de Rénovation Urbaine ; j'ai

donc l'honneur de t'informer que les travaux vont bientôt démarrer.

Sékou

- Les architectes ! Ceux-là même qui nous ont construit ces fameux grands ensembles qui aujourd'hui posent tant de problèmes ? C'est tout de même incroyable !
Djibril dit souvent, et je suis d'accord, que les architectes devraient vivre dans les logements qu'ils construisent.
Je me souviens qu'un de mes potes ne pouvait même pas mettre une armoire dans sa chambre pour la simple et bonne raison que les murs n'étaient pas droits.
J'ai vraiment l'impression qu'ils n'ont aucun respect pour nous !

Sophie

- Aujourd'hui les normes de construction ont changé. Il n'est plus possible de faire n'importe quoi.

Sékou

- Tu parles ! On construit pas de la même façon dans les beaux quartiers de Paris qu'à Aubervilliers où la Courneuve. Les villes aisées utilisent des matériaux de qualité. Les investisseurs mettent le paquet pour attirer de futurs acheteurs.

Sophie

- Cesse d'être pessimiste, il y a de nombreuses personnes qui rêveraient d'être à ta place.

Sékou

- Je ne suis pas pessimiste ! Je pense être réaliste, de plus, c'est systématique à chaque fois que l'on pointe le doigt sur des dysfonctionnements ou des injustices, on nous rabâche le même discours. Il est nettement plus facile de nous comparer avec des tiers-mondistes plutôt que faire un parallèle avec des gens qui vivent plutôt bien.

Sophie

- Mais toi, que proposes-tu pour améliorer ton quartier ? C'est facile de critiquer, tu as une solution miracle ?

Sékou

- Ecoute, je te l'ai dit tout à l'heure : Nous voulons vivre dans des immeubles bien entretenus, avec des logements de qualité, des jeux et terrains de proximité pour les mômes. Nous voudrions des écoles ayant une bonne réputation, nous voulons vivre comme tout le monde, c'est si difficile à comprendre ? Y'a rien de miraculeux là-dedans. T'as qu'à venir voir te rendre compte par toi-même après tu pourras parler, ok ?

Sophie

- Ce n'est pas une bonne idée finalement. Tu connais forcément mieux que moi la vie de ton quartier, alors tu comprends…

Sékou

- Non, j'insiste, il faut que tu vois comment on vit.

Sékou attrapa Sophie par le bras et l'entraîna dehors.

Sophie

- Attends, il faut que je prévienne Lionel.

Sékou

- Pas de temps à perdre, tu n'auras qu'à l'appeler sur le chemin mais avant, j'ai quelques recommandations à te faire. Si quelqu'un te pose une question, tu es une copine que j'ai draguée hier sur Paris, ok ?

Si tu leur dis que tu es journaliste, ça va chauffer, je préfère te prévenir.

Sophie

- Ok, si tu veux !

Sékou

- On prend ta voiture ? T'as la nouvelle Clio ! Ben ça va t'as la belle vie, tu vas leur en mettre plein la vue à ces rigolos.

Sophie

- Justement ! Avec toutes ces voitures qui crament je n'aimerai pas retrouver une carcasse fumante sur le bitume, si tu vois ce que je veux dire !

Sékou

- T'inquiètes pas, avec moi, ta caisse ne risque rien.

Sophie

- Ok allons-y !

Ils se dirigent vers le quartier, celui-ci se trouve à 15 minutes du commissariat. A bord de la voiture, la tension est palpable. Aux abords de la cité, sur un mur est inscrit : « bienvenue au pays du POPO », Sophie interpelle Sékou et lui demande ce que signifie « POPO ».

Sékou

- Ca veut dire pollen.

Sophie

- Ok, d'accord ! Ils sont tous allergiques au pollen dans le quartier ?

Sékou

- Pas tout le monde mais une bonne partie des jeunes.

Sophie

- J'espère qu'il n'y en a pas trop car moi aussi je suis allergique au pollen. J'ai le rhume des foins.

Sophie

- Eh bien ! Il est dans un sale état ton quartier, Sarkozy à raison, il faut vraiment le nettoyer au karcher.

Sékou

- Bon ça va ! N'en rajoute pas s'il te plaît, c'est assez difficile comme ça pour nous qui vivons ici. Tu pourrais avoir un peu de respect pour nous, Madame la baronne.

Notes

0) Selon un chanteur burkinabé, Zédess.

1) Zone Urbaine Sensible 751 quartiers sont classés en ZUS.

2) Zone d'Education Prioritaire : La politique des **zones d'éducation prioritaires (ZEP)** a été mise en place en 1981. Là où les conditions sociales et économiques sont les plus difficiles, le système éducatif renforce ses moyens pour assurer la réussite scolaire des-élèves.

3) Le contrat de ville est un contrat passé entre **l'Etat** et les **collectivités territoriales** qui engage chacun des partenaires à mettre en œuvre des actions concrètes et concertées pour **améliorer la vie quotidienne** des habitants dans les quartiers connaissant des difficultés (chômage, violence, logement...) et **prévenir les risques d'exclusion** sociale et urbaine. Il a été remplacé par le CUCS (contrat urbain de cohésion sociale).

*) L'ANRU a été créée dans le but de simplifier et d'accélérer les démarches des collectivités locales et des organismes d'HLM désireux de mettre en œuvre des projets de rénovation urbaine dans les quartiers prioritaires. Au lieu de s'adresser, comme auparavant, à divers organismes financiers et administratifs, l'Agence devient leur interlocuteur unique et leur offre, de plus, la garantie de ses financements.

LES CHORISTES

« Quand on ouvre une école, on ferme une prison. »

Victor Hugo

Sékou

- Bon, on commence par le collège, tu vois comme il est magnifique, il a été rénové il y a un deux ans.

Sophie

- Ben tu vois ! Un collège flambant neuf, c'est bien pour l'image du quartier. En plus, il est en Zone d'Education Prioritaire, tu ne vas tout de même pas me dire que tu considères cette mesure comme un échec ?

Sékou

- Comment dire le contraire ? Ca aussi c'est du fric jeté par la fenêtre; en quoi le fait de nous avoir mis en ZEP a-t-il changé notre avenir ?
Aujourd'hui, je n'ai qu'un brevet des collèges et un BEP vente en poche. Si j'étais le seul dans ce cas, je ne me poserais pas de questions. Malheureusement nous sommes nombreux. Alors si j'ajoute le nombre important de jeunes qui quittent le système scolaire sans diplôme, tu parles d'une sacrée réussite !

Sophie

- Pourtant vous avez du personnel enseignant en plus, des moyens pédagogiques supplémentaires, on expérimente beaucoup, d'ailleurs votre école est inscrite dans le dispositif du contrat de réussite[1].

Sékou

- Une fois de plus, ce n'est que de la poudre aux yeux. Les professeurs qu'on nous envoie sont les moins expérimentés, nos écoles sont dans un état lamentable et nous venons à peine d'être équipés en matériel informatique. Les symboles de Ta république ce sont bien Liberté, Egalité, Fraternité ? L'égalité que tu prônes, je ne la vois pas lorsque je passe devant l'école de mon quartier.

Sophie

- Et la violence dans les écoles c'est aussi un fantasme inventé par les médias ?

Sékou

- Sans te mentir, la violence est bien réelle à l'école. Certains se font racketter parce qu'ils ont plus de moyens que d'autres. Je sais que ce n'est pas normal, mais la société en elle-même est violente. Il te suffit de voir ce qui passe à la télévision, pour te rendre compte dans quel état est notre jeunesse.

Sophie

- Je constate que c'est toujours de la faute de quelqu'un ou du système mais jamais de la tienne. Mais bon, passons. As-tu été victime de violence à l'école ?

Sékou

- Moi non ! Mais Djibril, lui, en a fait les frais.

Sophie

- Djibril, que lui est-il arrivé ?

Sékou

- Tu sais quand on passe son temps à glander dans les cours, on trouve le temps un peu long, donc on cherche à s'occuper. On perturbe les cours, on dérange ceux qui veulent travailler, et au bout de ce temps, on finit toujours par créer un p'tit noyau de perturbateurs et plus le temps passe, plus le noyau s'agrandit.

Sophie

- Et tu penses que Djibril a été pris dans cette spirale ?

Sékou

- Non, au contraire Djibril est un élève brillant et ses camarades l'ont beaucoup emmerdé à cause de ses bons résultats. Ils ont tout fait pour le décourager. Ils le chambraient, certains le surnommaient « le p'tit bouffon ». Le pauvre, ils lui faisaient « la misère », ils ont même fini par le racketter.

Sophie

- Comment ça, ils le rackettaient ? Ils lui soutiraient de l'argent ?

Sékou

- Non, ils pratiquaient le racket intellectuel. Djibril était forcé de faire leurs devoirs et leurs punitions. Sinon ils le *défonçaient*. Pendant les contrôles tout le monde voulait s'asseoir à côté de lui pour gruger, jusqu'à ce que…

Sophie

- Jusqu'à ce que…

Sékou

- Jusqu'au jour où j'ai dû intervenir. Je n'avais pas le choix.
C'était un jeudi. Djibril faisait un devoir d'histoire. J'ai jeté un coup œil sur sa copie. Le nom d'un de ses bourreaux était inscrit en en-tête. Je lui ai demandé pourquoi ? Il m'a tout raconté, et s'est subitement mis à pleurer.
J'ai tellement eu la rage que j'aurais pu faire une connerie irréparable. J'ai préféré y aller avec mes potes. Je savais qu'ils m'empêcheraient d'aller trop loin.

Nous avons fauché tous ces bouffons et comme par magie, le problème de racket intellectuel de Djibril fut réglé.

Sophie
- Et après cette affaire comment ton frère a évolué ?

Sékou

- Djibril est un élève modèle, il s'intéresse à beaucoup de choses, il me dit souvent : N'attends pas des autres qu'ils

changent le monde à ta place. Tu dois te donner les moyens d'apporter ta pierre à l'édifice. Cela me rappelle un débat que nous avons eu ensemble en fin de 5ème, juste au moment du choix des options des langues pour le passage en 4ème.
Djibril voulait absolument que j'opte pour l'allemand comme seconde langue et moi je lui ai répondu : Tu es fou ! Qu'est ce que l'allemand va m'apporter ? Qui parle l'allemand de nos jours à part les Allemands eux-mêmes ? Laisse-moi avec ta langue incompréhensible. Je préfère de loin l'espagnol. C'est nettement plus facile et au moins, je pourrai voyager dans les pays d'Amérique du sud. Tu vas regretter m'a-t-il dit en terminant. Malheureusement, le temps lui a donné raison

Sophie

- C'est-à-dire ?

Sékou

- Il ne m'a pas fallu longtemps pour comprendre mon erreur. Le temps des vacances passé, la rentrée scolaire de septembre a pris très vite un goût amer.

Sophie

- J'imagine pourtant que tu t'étais bien reposé.

Sékou

- Ce n'est pas ça. Quand j'ai vu la classe dans laquelle on m'avait mis, j'ai vite compris que j'allais en baver. J'avais les nerfs. Les vacances me semblaient déjà très loin.

Sophie

- Comment ça, qu'est ce qu'elle avait de si horrible ta classe, tu ne crois pas que tu charries un peu, non ?

Sékou

- Jamais je n'aurais imaginé que j'allais me retrouver dans une galère pareille. Lorsque j'ai lu les noms de mes camarades de classe, j'ai flippé. La plupart étaient en échec scolaire depuis le primaire. Ils n'ont jamais connu une scolarité normale. Ils ont tous redoublé au moins une fois. Il y avait même un mec de 17 ans dans notre classe, tu vois l'ambiance...

Mais ce n'est pas tout, c'étaient les plus grands fouteurs de merde du collège. La majorité de la classe était insolente au point que j'ai voulu changer de classe. C'est ainsi que j'ai harcelé la CPE mais qui n'a rien voulu savoir. Madame considérait que j'avais fais mon choix en juin et qu'il n'était plus possible de faire marche arrière. Je me suis sentis piéger en regardant le profil des autres classes de plus près, je ne gagnais pas au change : aucune d'elles n'en valait la peine, excepté la classe de Djibril qui étudiait l'allemand en seconde langue.

Sophie

- Et dire que Djibril t'avait prévenu !

Sékou

- Djibril a un talent fou pour anticiper sur les problèmes. Il savait l'importance de choisir cette foutue langue. De fait, il s'est retrouvé avec les meilleurs élèves de cinquième. Il a eu la chance que je n'ai pas eue... Enfin, il a plutôt l'intelligence que je n'ai pas.

Sophie

- Au sein de ta classe il y avait tout de même des élèves qui voulaient bosser ?

Sékou

- Oui, il y en avait huit sur vingt cinq tout sexe confondu, parce qu'il ne faut pas se raconter d'histoires, les meufs étaient aussi claquées que les mecs.

Sophie

- Est-ce que tu faisais partie de ces huit élèves motivés ?

Sékou

- Ouais, au début mais ça n'a pas duré.

Sophie

- Pourquoi t'es- tu décourager ?

Sékou

- Ben, comme Djibril, je me suis fait racketter !

Sophie

- Ah bon, avec le niveau que tu avais ça m'étonne. Tu n'étais pourtant pas le premier de la classe, me semble t-il !

Sékou

- Ce qu'il y a, c'est que le niveau de ma classe était tellement faible que je me suis retrouvé dans l'élite de la classe alors qu'en cinquième j'avais un niveau moyen. Certains camarades se mettaient à côté de moi pour avoir de bonnes notes mais, personne ne me mettait la pression pour que je fasse ces devoirs. Je me suis fait traiter de bouffon sans trop comprendre ce qui m'arrivait, je me suis; retrouvé avec un nouveau statut très difficile à assumer. Je devais vite trouver une parade pour ne pas me ringardiser aux yeux des autres. J'avais tout de même une certaine réputation à tenir.

Sophie

- Quelle a été la parade ?

Sékou

- Comme je ne voulais pas devenir un cancre plus tard j'ai tout de même continué à bosser en cours et obtenir de bons résultats mais en contrepartie je suivais mes potes dans leurs conneries.

Sophie

- Quel genre de bêtise faisiez-vous ?

Sékou

- En cours on chahutait beaucoup. Nous passions la majeure partie de notre temps à nous chambrer. On aimait rendre le prof complètement fou. Notre classe était souvent

« collée », voire exclue temporairement du collège. Qu'est ce qu'on ferait pas pour être accepté par les autres !

Sophie

- Tous les élèves étaient « collés » ?

Sékou

- Oui, quand il y a une connerie c'est toute la classe qui paie. Les parents n'en pouvaient plus. Ils devenaient dingues. Et l'école était responsable de tout cela.

Sophie

- Voyez-vous ça ! J'aimerais bien savoir en quoi l'école était responsable de votre comportement ?

Sékou

- Souvent, j'ai l'impression que les responsables de l'école ne réfléchissent pas. Comment peut-on mettre autant d'élèves à problèmes dans la même classe ? Il ne faut pas sortir de Saint Cyr pour mesurer les conséquences de ce choix. Maintenant chacun doit assumer ses responsabilités !

Sophie

- C'est tout de même votre avenir qui était en jeu. En avais-tu pris conscience à l'époque.

Sékou

- Il est vrai que nous n’avions pas pris conscience que c’était notre avenir que nous mettions en cause. Le paradoxe dans tout ça c’était que nous voulions absolument nous en sortir. Nous avions de bons résultats mais la discipline n’était pas de la partie. Ce n'est que plus tard que nous nous sommes rendu compte de la répercussion de nos actes.

Sophie

- A quel moment au juste ?

Sékou

- L’année suivante, comme je te le disais, je n’avais pas l’intention de finir comme un cancre, sans diplôme.
Dès le début de l’année, mes potes et moi avions décidé qu’il fallait arrêter nos conneries et tout faire pour avoir notre brevet des collèges.

Sophie

- Donc vous vous êtes mis au travail ?

Sékou

- On a essayé de se calmer et de travailler sérieusement. L’école avait compris son erreur, du coup tous les élèves de ma classe ont été dispatchés dans différentes classes.

Sophie

- Tu vois que l'institution scolaire peut, elle aussi, se remettre en cause.

Sékou

- Dans l'intention oui, mais dans la réalité, ce fut autre chose. Il est vrai qu'au sein de ma nouvelle classe nous étions moins nombreux à être considérés comme des élèves perturbateurs, mais ce fut difficile.

Sophie

- Dans quel sens ?

Sékou

- Malgré notre volonté de changer et de travailler sérieusement, systématiquement lorsqu'il y avait un problème d'ordre disciplinaire dans la classe, c'était forcément nous les anciens de la 4è me B. Nous étions souvent « collés » à cause de cette mauvaise réputation et certains profs nous avaient dans le collimateur.

Sophie

- Comment s'est terminée l'année scolaire ?

Sékou

- Bien pour moi car j'ai mis beaucoup d'eau dans mon vin. J'ai obtenu mon brevet grâce à Djibril qui m'a beaucoup

aidé. Pour d'autres, les choses se sont compliquées et certains ont été exclus de l'établissement.
Tu sais, en vérité ce qui a été le plus difficile, c'est la pression exercée par les élèves des classes inférieures car nous représentions à leurs yeux un modèle de réussite dans la connerie. Ils voulaient réitérer ce que nous avions fait auparavant. Leur challenge était de faire aussi bien que nous.
Nous voulions nous « ranger », ça ne leur plaisait pas, du coup on se faisait taxer de bouffons. Certains comme moi ont su résister d'autres au contraire ont replongé de plus belle dans cette spirale.

Sophie

- C'est à cette époque que tu voulais faire une seconde générale ?

Sékou

- Oui, je pensais qu'avec les efforts que j'avais fournis tout au long de l'année, je méritais largement d'entrer en seconde mais cette foutue conseillère m'en a empêché.

Sophie

- N'avait elle pas eu raison cette foutue conseillère?

Sékou

- Oui et non. Qui sait ! Peut être ! C'est vrai quand j'ai vu comment Djibril a trimé pour se remettre au même niveau que ses nouveaux camarades, issus pour la plupart d'écoles plus cotées. Je me demande ce que je serais devenu, si j'avais dû en faire autant. Je crois que j'aurai lâché l'affaire rapidement. Je suis moins volontaire que mon frère. J'ai plutôt tendance à choisir la facilité.

Sophie

- Donc t'es allé dans un lycée professionnel ?

Sékou

- Ouais, c'était cool, il y avait plein de filles. Ce fut mon seul lot de consolation ; j'ai pu joindre l'utile à l'agréable. Tous les matins, je passais beaucoup de temps à me faire beau. Les filles aiment bien les mecs bien entretenus. Ce fut une sacrée expérience. Je n'ai jamais eu autant de succès qu'en LEP.

Sophie

- Et les cours dans tout ça ?

Sékou

- Cool en BEP, pratiquement pas de devoirs, donc pas de prise de tête à la maison. Ce qui était bien, c'est qu'en vente, t'as pas besoin de venir en blouse avec ta caisse à outils et ton marteau. J'ai décroché mon BEP sans trop d'effort, la vente ce n'est pas sorcier. Il suffit de savoir baratiner. C'est un de mes points forts, le baratin.

Sophie

- Pourquoi tu n'as pas poursuivi tes études?

Sékou

- Le Bac pro c'est super lourd t'as pas l'impression d'avancer. Je voulais faire comme d'autres, ne pas me prendre la tête. J'ai le niveau BAC, c'est déjà pas mal. De toute façon quand Djibril aura du taf il m'en fera croquer, c'est ça la famille. Tiens, voilà Madame Piscot !

Sophie

- C'est qui cette Madame Piscot ?

Sékou

- Suis-moi et tu sauras qui elle est ! Putain ! Elle n'a pas changé, elle a toujours la même façon de s'habiller, le même sac à main, eh ben ! Dans l'éducation nationale les temps sont durs !

Sékou se dirige vers Mme Piscot d'un pas décidé, Sophie se demande toujours de qui il s'agit.

Sékou

- Bonjour Madame Piscot, vous vous souvenez de moi ? C'est Monsieur Sissoko, j'ai été élève au collège il y a de ça quatorze ans, vous étiez, à l'époque, conseillère d'orientation.

Mme Piscot

- Oui tout a fait ! Je me souviens très bien de la famille Sissoko. J'ai véritablement gardé un très bon souvenir de votre passage au collège. D'ailleurs votre sœur Aminata a quitté l'établissement, il y a trois ans. Ah ! Quelle bonne élève ! Elle est studieuse et bien élevée, une vraie petite perle !

Sékou

- L'ambiance dans le collège, elle a changé ? Les élèves sont moins perturbateurs ?

Mme Piscot

- Bon vous savez depuis la rénovation du collège, on ressent une légère amélioration dans le comportement des élèves. Ils se sentent beaucoup plus respectés et écoutés. Les résultats au brevet des collèges sont en nette amélioration par rapport à votre époque.
Si je ne m'abuse, nous sommes arrivés à soixante dix pourcent de réussite au brevet cette année tandis qu'à votre époque on atteignait péniblement la barre des trente pourcent.
Ce qui est inquiétant, c'est que depuis quelques temps la tension remonte au sein du collège.

Sékou

- Qu'est-ce qui est à l'origine de la montée de la tension au sein du collège ?

Mme Piscot

- D'après les informations, on parle beaucoup du projet de démolition des immeubles, les familles vont peut-être être relogées en dehors du quartier. Les familles sont inquiètes et leur stress se répercute sur leurs enfants. A cela il faut rajouter que certaines familles sont des locataires sans bail, ni titre, et elles squattent des appartements illégalement.

De plus, il existe des tensions entre les différents quartiers de la ville, la semaine dernière des affrontements entre bandes rivales se sont produits devant l'entrée du collège. Depuis, le climat est extrêmement tendu.

Enfin, je dirai que la situation sociale des familles se dégrade fortement. Les élèves que nous avons ont des parents qui n'ont jamais connu le travail, un triste exemple pour leurs enfants.
La population de la cité change vite, elle est remplacée par des gens qui sont encore plus en difficulté, ça va de mal en pis. Il faudrait plus de mixité sociale dans le quartier. Ici les familles qui en ont les moyens quittent le quartier, on assiste à une véritable fuite des cerveaux !

Sékou

- Vous pensez vraiment que la mixité sociale va réellement permettre de faire changer le cours des choses dans le quartier ?

Mme Piscot

- Je pense qu'il faut relever le niveau dans le quartier, les jeunes d'ici ont eux aussi le droit d'apprendre dans des classes avec des élèves de bon niveau. Aujourd'hui les bons éléments vont se scolariser dans les meilleurs écoles, il faut à tout prix les en dissuader. Pour cela il faudra leur garantir qu'ils pourront bénéficier ici de la même qualité d'enseignement que dans les bonnes écoles, ce qui n'est pas gagné d'avance !

En fait, je m'excuse, j'ai oublié de vous demander ce que vous devenez. Cette jolie demoiselle est votre femme ?

Sékou

- Non, c'est juste Sophie ma p'tite amie, elle devra patienter encore un moment pour qu'elle devienne ma femme !

Mme Piscot

- Il vous taquine, je trouve cela adorable, en tout cas sachez que je vous trouve ravissante ! Alors, Monsieur Sissoko qu'est-ce que vous devenez ?

Sékou

- Pour l'instant, je m'occupe essentiellement de mon association Nouvel Horizon, vous la connaissez ?

Mme Piscot

- Oh ! Que oui ! Elle fait du bon travail dans le quartier, les élèves m'en parlent à longueur de journée. Je suis contente pour vous. Et votre frère Sékou, comment va t-il ? Je garde un mauvais souvenir de lui, il voulait absolument faire une seconde générale, alors que son niveau était moyen. Il m'en avait voulu ! Vous savez mon rôle n'avait été que de le conseiller. Après, la décision de son orientation n'appartenait qu'à son conseil de classe.

Sékou

- Je sais. Mon frère est un peu têtu. Actuellement il cherche du boulot dans la vente.

Mme Piscot

- Ah ! Vous voyez, j'avais raison de lui conseiller de faire un BEP en vente, il a la langue facile. Je savais que cette orientation allait lui plaire !
Vous m'excuserez, mais j'ai un train à prendre dans une heure à la gare de Lyon. J'ai vraiment été heureuse de vous revoir. Et vous Madame, ne vous laissez pas faire, ça se voit qu'il vous aime. Il tient à vous comme à la prunelle de ses yeux. Bonne continuation.

Sékou

- Merci et bonne continuation à vous. Bon voyage.

Sophie interpelle Sékou et lui demande :

- Tu aurais pu lui dire la vérité, qu'est ce qui t'as pris de mentir, elle va vraiment croire qu'elle a rencontré Djibril.

- Je ne voulais pas me prendre la tête avec elle, tu penses bien qu'elle m'aurait jamais dit au revoir si je lui avais dit la vérité !

- En tout cas, elle garde un très mauvais souvenir de toi !

- Je m'en tape, elle fait sa vie et moi la mienne !

- Tu t'emballes un peu vite d'autant que ses propos ont été pertinents notamment sur la mixité sociale !

Sékou

- Votre histoire de mixité sociale m'a pris la tête, si vous voulez que les élèves s'en sortent à l'école, il faut que les enseignants transmettent le savoir dans de bonnes conditions et surtout explorer d'autres formes d'apprentissages pédagogiques. Je garde encore le souvenir d'un de mes profs d'histoire qui avait un talent particulier pour nous transmettre son savoir.

Sophie

- Je suis d'accord avec toi, mais tu oublies deux éléments essentiels, le rôle que doit jouer la famille dans l'éducation de ses enfants et la volonté des élèves. La mission de l'école est de transmettre un savoir et de former un citoyen, tout cela au service d'un projet de société. Aujourd'hui, je me demande si le problème ne vient pas du projet de société, peux t-on encore former un citoyen républicain laïc ? Où bien encore former un citoyen sur le modèle anglo-saxon communautariste ? C'est notre projet de société qui doit à mon avis nous apporter les réponses.
Bon, cette conversation m'a donné soif, tu connais un endroit où l'on pourrait boire un verre?

Sékou

- Il n'y a rien dans ce foutu quartier mais si tu veux, on peut aller chez moi; mes parents sont allés faire les courses. Mon frère Djibril va bientôt rentrer. Ce sera l'occasion pour toi de le rencontrer.

Sophie

- Ok, on y va !

Sékou

- J'habite juste au bout de la rue, au bloc numéro 20, mais prends ta caisse c'est plus prudent.

Sophie

- 14 ! 16 ! 18 ! 20. Voilà on est arrivé. Maintenant où vais-je garer ma voiture ? Il n'y a pas de parking ?

Sékou

- Tu peux te garer sur la pelouse, personne ne dira rien.

Sophie

- Ah ! Oui, j'oubliais que c'est la loi de la jungle…
Le hall d'entrée était vraiment dans un piteux état, l'ascenseur en panne, ils ont du se taper les 10 étages à pied. Sophie se demandait comment il était possible de vivre là-dedans. Elle commençait à comprendre pourquoi Sékou était si amer. Il y avait de quoi avoir des idées suicidaires. Ils sont vraiment courageux tous ces gens qui vivent dans ces logements hideux.

Sans laisser entrevoir son malaise, Sophie suivit Sékou et entra dans l'appartement qui était plutôt grand et propre. La décoration était simple et le mobilier très ancien.

Sékou proposa du jus de gingembre à Sophie.

Sophie

- Il a l'air très bon ton jus !

Sékou

- Merci, c'est du gingembre maison.

Note

1) Chaque réseau d'éducation prioritaire s'appuie sur un contrat de réussite précis qui décrit les objectifs de réussite scolaire recherchés et les actions prioritaires mises en place. Il est formalisé par l'engagement passé entre les équipes pédagogiques et les autorités académiques. Ce contrat fixe les objectifs pédagogiques tout en intégrant les mesures d'accompagnement, d'animation pédagogique et de formation nécessaires.

LE GONE DU CHAABA

« Quand un vieillard meurt c'est toute une bibliothèque qui brûle. »

Amadou Hampâté Ba

Sophie

- Bon, on reprend notre entretien dans une minute : le temps nécessaire au branchement de mon dictaphone. Ça y est…

Tu me disais tout à l'heure que lorsque Djibril aura du travail il te pistonnera, et tu finis en prônant que c'est ça la famille…

Alors la famille justement, parlons-en. Comment ça se passait à la maison ?

Sékou

- Mon père est très traditionaliste: la culture, la religion sont les fondements principaux de notre éducation à la maison.

Sophie

- Comment avez-vous été éduqués ?

Sékou

- Mes parents ont toujours trouvé important de nous enseigner le respect, la tolérance, l'égalité, la justice, comme valeurs cardinales entre les hommes afin que nous ne soyons pas paumés.

Sophie

- Le respect, la tolérance, l'égalité, la justice sont des valeurs propres à toutes les cultures du monde !

Sékou

- Ben voyons ! Et notre identité ? Notre originalité ? Tu as déjà vu un arbre pousser sans racine ?

Sophie

- Tu penses que la France peut altérer donc ton identité qui vient d'ailleurs ?

Sékou

- Mon père dit toujours que si tu ne sais pas d'où tu viens tu auras toujours du mal à trouver ton chemin.

Sophie

- Décidément ton père est une bibliothèque à la maison ?

Sékou

- A la maison, il est plus qu'une bibliothèque, c'est un taulier. Prudent, précis, patient, persévérant, infatigable, aucun détail ne lui échappe : il conseille, il surveille, il veille, il travaille sans cesse pour sa famille. Toujours à cheval sur les principes, il ne revenait jamais sur une décision…

Sophie

- Autoritaire ?

Sékou

- Si on veut, il ne parle pratiquement jamais mais quand il s'énerve c'est chaud. Il souhaite le meilleur pour nous ses enfants même si nous lui rendons souvent la vie difficile.

Sophie

- De quelle façon vous lui rendez la vie difficile ?

Sékou

- C'était surtout moi qui lui donnais du fil à retordre. Je ne le faisais pas volontairement. J'avais l'impression d'être en décalage avec lui sur certaines choses. Il voudrait transmettre à ses enfants l'éducation traditionnelle qu'il avait reçue. Malheureusement son expérience lui avait fait comprendre qu'avec nous tout était possible.

Sophie

- Possible !

Sékou

- Parce qu'on est en France. Au mali les enfants sont éduqués par un mélange d'islam et de culture traditionnelle. L'éducation est l'affaire de tous. Tout le monde te surveille, te conseille et intervient quand il y a un souci.

Ici, nous passons plus de temps dehors qu'à la maison. Les échanges sont rares car tout le monde est occupé. Mon père nous racontait souvent qu'au Mali, le soir en rentrant du travail, il allait toujours rejoindre ses amis au « grin » afin d'échanger et discuter avec eux et qu'il regrettait qu'en France le grin, qui améliorerait avec efficacité les relations humaines entre les gens n'existe pas.

Sophie

- Peux-tu me parler davantage du grin ?

Sékou

- Le grin est un lieu informel où les gens se retrouvent le soir pour discuter autour d'un thé. Le grin peut aussi servir de médiateur quand il y a un problème au sein d'une famille, d'un couple, du quartier…

Sophie

- Ah d'accord ! Je ne savais pas ! Continue.

Sékou

- Je disais que c'est dans la rue et à l'école que nous recevons une grande partie de notre éducation.

Notre père part très tôt au taf le matin et il ne rentre que très tard le soir. On se croise très rarement et il arrive qu'on se voit le dimanche quand il n'est pas au foyer malien de Montreuil.

Sophie

- Je me demande comment vous faites.

Sékou

- C'est là qu'intervient notre mère. Cheville ouvrière de la maison. Sans elle, la maison bâtie pierre par pierre par le taulier notre père, s'écroulerait. Discrète, taciturne, protectrice, prudente, elle est la courroie de transmission entre nous et ce taulier trop occupé et trop loin de nous. Nuit et jour, à tout moment, cette courroie tourne et ne s'arrête jamais. Ma mère nous a toujours soutenu et c'est grâce à elle que nous avons pu obtenir de nombreuses choses de notre père.

Sophie

- Veux-tu dire que votre mère est omniprésente ?

Sékou

- Evidemment. Toujours là, elle joue son rôle dont rien ne la détourne, ni les conneries de ses enfants, ni la méchanceté de son entourage, ni les vilénies de la société.

Sophie

- Ce rôle me semble ingrat !

Sékou

- Eh oui, il est difficile pour toi de comprendre : chez nous le mauvais comportement des enfants, la fausseté de l'entourage, l'ingratitude des autres sont le lot de la mère injustement incriminée par le père : « c'est de ta faute !», a t-on coutume d'entendre souvent quand il y a des problèmes.

Sophie

- Ton père vous autorise t-il de partir en vacances ?

Sékou

- Il nous a jamais empêché de partir en vacances mais parfois il ne comprenait pas forcément le but de certains séjours. Je me souviens qu'il était réticent quand nous devions aller en classe de neige.

Sophie

- Au Mali il n'y a pas de neige !

Sékou

- Ah ! Ah ! Ah ! C'est marrant, mon père avait juste peur pour nous avec tout ce qu'on montre comme accident à la télé mais il nous laissait partir quand même. Le plus frustrant en colonie, c'était les jours où y avait du courrier ou des colis des parents. J'avais les boules que mes parents ne m'écrivent pas, j'avais l'impression d'être sans famille, un gamin abandonné. Parfois, je faisais exprès d'emmerder les moniteurs uniquement pour qu'ils appellent mes parents afin que ces derniers se rendent compte que j'existais.

Sophie

- Au niveau de l'éducation traditionnelle qu'est ce que votre père vous a imposé ?

- Il ne nous a jamais imposé quoi que ce soit mais parfois il tenait à ce que nous respections certains rites comme le port du boubou lors des fêtes religieuses.
Nous devions nous conformer à certaines règles. Telles que rester avec notre père lorsqu'il y avait des réunions de famille. Ma sœur Aminata restait avec ma mère, les autres femmes et les enfants. Chacun devait connaître sa place et son rôle dans la famille.

Mon père savait ce que l'argent représentait. Il faisait attention à ses dépenses et lorsqu'il nous achetait des vêtements, il fallait en prendre soin sinon, c'était chaud pour nous.
Je me souviens qu'un jour mon père m'avait acheté une paire de basket. Le lendemain, je suis rentré à la maison avec plein de trous et une semelle complètement arrachée. Pour me punir, il en a mis une semaine pour m'en racheter une autre. J'ai dû aller à l'école avec des après-ski. Le pire c'est qu'il crevait de chaud. J'ai eu la honte de ma vie et depuis ce jour là, comme un maniaque, je fais attention à mes affaires.

Pour lui, c'était plus simple parce qu'il s'achetait rarement de la sape. Il portait toujours le même blouson et les mêmes pompes et ce, depuis des années. Je ne pouvais m'empêcher de penser qu'au taf les gens devaient se dire que mon père était une grosse pince ou qu'il était trop pauvre pour s'acheter de nouveaux vêtements.
Il roulait à l'époque avec une vieille R12 le « tombeau de ma grand-mère » qui faisait un boucan d'enfer à réveiller les morts. Grâce à elle je pouvais savoir quand mon père partait ou rentrait de son boulot. Le soir aussitôt que j'entendais le moteur de sa voiture, j'allais voir ma mère pour lui dire que mon père

allait bientôt arriver. Je rendais ma mère dingue avec ça. Cinq minutes avant que mon père ouvre la porte je lui disais : « Papa arrive » dans le tombeau de ma grand-mère, elle me répondait : Mais comment tu fais pour savoir que ton père arrive ? Je lui répondais toujours avec un sourire en coin : C'est un secret et peut être qu'un jour un ange me dira que ma grand-mère est au paradis.

Sophie

- Pourquoi ton père faisait autant attention à l'argent ?

Sékou

- Il gagne le SMIC en travaillant comme un esclave et tu me demandes pourquoi il faisait autant attention. Mon père n'était pas radin, il était économe par la force des choses. Mais c'est vrai, j'oubliais que toi t'es née avec une cuillère en argent dans la bouche donc pour toi quelqu'un d'économe est forcément radin. C'est ça La France d'en haut.

Sophie

- Ce n'est pas ce que j'ai voulu dire. Désolée ! Je m'y prends très mal, comprends-moi. J'ai très peu d'amis qui viennent de la France d'en bas.
Tu me disais que ton père était économe, c'est ça ?

Sékou

- Il était comme ça, c'est tout, mais à la maison on ne manquait de rien. On partait en colonie de vacances, nous pouvions faire du sport. La tirelire était souvent vide mais notre mère nous donnait souvent de l'argent pour que l'on puisse s'acheter des bonbons ou autres fantaisies.

Sophie

- Nous parlions bien de ton père…

Sékou

- Tiens ! A propos de mon père, je me souviens d'une autre anecdote. Un jour, la prof de gymnastique nous a recommandé de nous procurer des chaussons. J'ai demandé à mon père d'aller m'en acheter, il a mis plus de deux semaines avant de s'exécuter. Et comme si tout cela ne suffisait pas, il m'a ramené des chaussons pour la maison ! J'ai ri à me dilater la rate car il s'était carrément planté. J'ai eu honte après avoir compris que c'était par ignorance de sa part.

J'oubliais qu'il était né au bled, qu'il n'était pas parti à l'école, et que chaussons, chaussures, chaussettes n'étaient pas une évidence pour lui.

Depuis cet incident mon père nous demandait systématiquement de l'accompagner à chaque fois qu'il devait faire ce type de course.

Sophie

- Comment fait-il pour se débrouiller ?

Sékou

- C'est vrai que mes parents ne savent ni lire, ni écrire. C'était une vraie galère pour remplir les papiers. Il fallait à

chaque fois demander de l'aide à quelqu'un, une voisine, un ami, un collègue, une bonne volonté...
Mon père a toujours été loyal et sévère envers nous et envers les autres.
C'est ainsi qu'un jour il m'avait tellement frappé que j'avais des boursouflures dans tout le dos. Il fut convoqué par les services sociaux qui ont failli lui retirer ma garde. Depuis ce jour, il a mis beaucoup d'eau dans son vin.
Je pense même que c'est à partir de ce moment que mon père à penser à nous envoyer au Mali, même s'il n'avait pas les moyens, ce fut un projet.

Sophie

- Avec ta permission je vais passer un coup de téléphone...
Allo, Lionel, L'entretien se passe plutôt bien. Il est vraiment cool, Sékou. Enfin quand on lui pose les bonnes questions, il est quand même un peu susceptible mais très intelligent.

Lionel

- Alors, Joe l'arnaque est bavard avec toi ?

Sophie

- Joe l'arnaque c'est qui ça ? Sékou se surnomme Joe l'arnaque !!!
Mais Pourquoi ?

Lionel

- Tu sais, je ne te l'ai pas dit mais tu as en face de toi le plus grand ex-bandit de Lescure.

Sophie

- Quoi ! Ce n'est que maintenant que tu me dis ça !

Lionel

- Calme-toi, il a l'air de s'être rangé.

Sophie

- Il a l'air seulement ! Tu me mets dans l'embarras, bon je t'appelle tout à l'heure.

Lionel

- Ok !

Sophie revient dans le salon, le visage décomposé, Sékou lui présente son frère qui vient de rentrer mais remarque qu'elle se sent mal.

Sékou

- Ça va, t'as pas l'air bien tout d'un coup ?

Sophie

- Si, Si, ça va, ne t'en fais pas. On en était où déjà ? Ah oui ! Ton père pensait à vous envoyer au Mali, alors vous y êtes allés ou non ?

BLACK MIC MAC

« Il faut cultiver notre jardin »

Voltaire dans Candide

Sékou

- Oui, c'était en janvier 2002, mon père était assis dans le salon et nous annonça de but en blanc : « Djibril, cette année, j'ai décidé que ton frère et toi vous irez en vacances au Mali. Votre oncle veut vous voir. J'ai fait des économies pendant deux ans, maintenant je peux vous acheter votre billet d'avion. Votre départ se fera cet été, au mois de juillet. »
Pas de discussion possible. Le boss avait parlé. Y avait plus qu'à exécuter. Là j'ai flippé comme un ouf.
Pourquoi nous y envoyer maintenant ? Qu'est ce qui ce cachait derrière tout ça ?

Sophie

- Tu n'es pas un peu paranoïaque par hasard ?

Sékou

- Parano moi ? Non, Non !!
Mais tu sais avec nos parents, on sait quand on part, mais pas quand on revient.
Je parle en connaissance de cause, trop de potes à moi, sont partis soi-disant en vacances et sont restés bloqués pendant des mois au bled.
Finalement, je me suis dit qu'avec Djibril, je ne risquais rien. Si mon père prenait la décision de me bloquer, il serait obligé de bloquer Djibril, son chouchou.

Djibril

- Je n'ai jamais été le chouchou de papa. Tu ne vas pas commencer à charrier sinon je trace ma route, ok !

Sékou

- Oh ça va ! Ce n'est pas méchant, disons que je suis la brebis galeuse de la famille et toi le chouchou. Bon revenons, à nos moutons. J'avais déjà un plan en tête. Si ça devait arriver, je volerai le passeport et le billet de Djibril et je rentrerai en France. Comme quoi ça sert d'avoir un jumeau.

Djibril

- Tu oublies que moi aussi je pourrai en faire autant, jouer à ce p'tit jeu, je pourrai nous causer des ennuis, tu ne me crois pas ?

Sophie

- Tu me présentes ce voyage comme le parcours du combattant, mais voyager ça peut être agréable.

Sékou

- Oui, si tu vas en Espagne ou ailleurs, là t'es sûr de rentrer. Mais le bled c'est pire que tout ! Quand tu sais que tu pars, il faut que tu te prépares mentalement, psychologiquement et physiquement. Les conditions de vie ne sont pas les mêmes qu'ici, les routes sont dans un sale état, la bouffe n'est pas terrible, la chaleur, les moustiques…

Sophie

- Tu exagères, des tas de gens y vont et sont contents de leur séjour.

Sékou

- Tu rigoles, il faut faire des tas de vaccins, des tonnes de paperasses, visas, passeport, c'est la prise de tête quoi. Tu te dis que ça ne vaut pas le coup. T'es obligé de trouver une motivation sinon tu jettes tout à la poubelle et tu zappes. Mais dans le fond j'étais impatient de découvrir mon pays, ma culture, ma famille…

Sophie

- Et toi Djibril tu ressentais la même chose ?

Djibril

- Moi, j'avais un état d'esprit totalement différent du sien. Pour moi, le voyage au bled n'avait aucune signification particulière mis à part le fait que j'allais dans le pays d' où sont originaires mes parents. C'est tout, point.
Je connaissais le Mali à travers les anecdotes que mon père nous racontait, je me suis documenté dès que j'ai su qu'on partait.

Sophie

- Tu m'as dit qu'il faut un visa pour aller au Mali ?

Sékou

- Le visa a été instauré lorsque les pays européens ont mis en place le visa obligatoire pour les ressortissants étrangers hors union européenne. Personnellement, j'ai un passeport français. Je te rappelle que je suis né à Aubervilliers et si mes souvenirs sont bons, c'est encore en France.

Sophie

- Merci du renseignement, c'était une manière de te faire parler, ça s'appelle du journalisme ! Mais si je me souviens bien, tu as dit tout à l'heure que tu te sentais plus malien que français. Si je comprends, tu es français quand ça t'arrange !

Djibril

- Elle a totalement raison ! Moi je suis français d'origine malienne !

Sékou

- Cesse de faire le bouffon, je ne suis pas d'accord. Je suis malien mais en tant que ressortissant français, j'ai des droits que je compte bien utiliser. On ne sait jamais ce qui peut m'arriver là-bas. Je pourrai avoir besoin de l'ambassade de France.

Sophie

- Tu parles de tes droits ! Mais tu as aussi des devoirs, permets-moi de te le rappeler !

Djibril

- Elle a encore une fois raison !

Sékou

- Vous êtes deux contre moi, c'est pas équitable, mais revenons au préparatif du voyage. Donc avant le départ, c'est speed. Tu dois faire tes courses, ne pas oublier d'acheter de la bouffe : les cornes flakes, les pots de Nutella, le PQ, la bombe anti-moustique, la trousse à pharmacie, les cadeaux pour la famille, c'est une vrai mission…

Le médecin te fait un topo sur le vaccin contre la fièvre jaune et te sensibilise contre les maladies tropicales. Il te prescrit un wagon de médicaments et comme si ça suffisait pas, il faut en plus que tu suives un traitement contre le paludisme. Avec tout ça, si tu n'as pas d'appréhension, chapeau !

Djibril

- Sans compter que la famille est derrière ton dos !

Sékou

- Même quand tu veux l'esquiver, tu ne peux pas. Ils viennent tous te dire au revoir. Tu as l'impression que tu ne reviendras jamais. Comme si ce n'était pas suffisant, tu dois également jouer aux facteurs pour leur femme et leurs enfants restés au bled. Ils pensent carrément que la soute à bagages t'appartient.
C'est un vrai défilé. Tout le monde te dit que tu as de la chance d'aller au bled, tu vas rencontrer la famille, les cousins. Finalement, tu commences à penser qu'ils ont peut être raison.

Sophie

- C'est la veille du départ que ça doit être excitant ?

Sékou

- Si on veut, ça dépend de comment on voit les choses. La veille, tu fais une nuit blanche avec tes potes et le lendemain tu dis au revoir à tout le monde dans la cité. Ta mère te fait ses dernières recommandations. Elle te demande de faire attention à telle ou telle personne, d'être toujours vigilant, faire attention à ne pas manger ou boire n'importe quoi chez n'importe qui. Elle te demande de te laver. Je lui dis que j'ai bien entendu mais en réalité elle veut que l'on parte voir un marabout afin qu'il me lave contre les mauvais sors. Tu sais, il faut savoir que les Africains sont très mystiques et je t'avouerai que parfois ça me gonfle.

Quand tu montes dans la voiture avant le départ tous les gamins te disent au revoir, ta mère se met à pleurer, l'idée que tu ne reviendras peut-être jamais se fait de plus en plus forte. Tu te demandes s'ils n'en font pas un peu trop.
A l'aéroport c'est le daron qui s'occupe de tout, il aime ça. Il connaît un peu de monde et prend plaisir à diriger les opérations. Une fois les bagages enregistrés on se dit au revoir et bye bye la France ! Direction Bamako !

Dans l'avion, tu sens une petite angoisse. Et puis moi qui ai la bougeotte, je vais devoir rester près de six heures en place.

Djibril

- Moi je lis, rien ne me perturbe, je n'ai pas peur de l'avion, ni du Mali.

Arrivée à l'aéroport, laisse tomber ! T'es déjà assommé par la chaleur qu'il te faut te frayer un passage pour arriver dans le hall. La famille t'accueille chaleureusement, n'arrête pas de te parler, te demander des nouvelles d'untel ou untel a tel point que tu as la tête qui tourne. Après un bon quart d'heure d'embrassade, les bagages arrivent. C'est parti pour l'aventure.

Une fois Arrivé dans la famille, tout le monde est aux petits soins pour toi. On te met largement à l'aise au point de te sentir gêner par tant d'attention. Ils veulent savoir ce que tu leur as apporté, mais attendront que tu sois reposé avant d'attaquer.

Sékou

- Dès le lendemain tu n'as plus aucun répit, tout le monde te sollicite. Heureusement qu'ils parlent tous français sinon t'es perdu. Si tu essayes de faire des efforts pour parler le dialecte du bled, les gens rigolent gentiment de toi. Là, tu commences à réaliser que t'es un étranger et qu'en fait, il y aura plus d'efforts à faire que prévu. Mis à part çà, tout devrait bien se passer vu qu'ils sont cool avec toi.

Djibril

- Le jour même, on a fait le tour de la ville, c'était tip top. Je me suis senti comme chez moi à Auber. Les marchés, les touristes, les ponts, tout ressemble à la France, c'est appréciable, tu te sens nettement moins dépaysé.

Sékou

- Le marché grouille de monde, si t'aimes pas la foule, t'es mal barré. De toute façon tu n'as pas trop le choix. C'est le seul endroit où on trouve de tout.
Les vacances passent vite. Mon oncle nous a fait savoir que nous allons prendre le train pour nous rendre au village. Le village ! Fini la civilisation ! Là on allait vivre durement sous le poids des traditions et d'un soleil de plomb ! Laisse tomber ! Djibril et moi n'avons pas bronché mais on s'est dit que ça

allait être dur. S'il avait pu, Djibril aurait emporté la maison avec lui. Un vrai breton, un vrai petit toubab à la peau noire.

Djibril

- Tu vas me la sortir à toutes les occasions, ta blague ! Je pourrais te retourner le compliment, toi aussi t'es un toubab, tu flippais autant que moi, alors arrête de te la jouer grand seigneur.

Sékou

- T'as pas d'humour frangin, dommage !

Bref, le lendemain matin on s'est levé très tôt pour prendre le train. Mon oncle était du voyage, on a fait 500 km en douze heures, l'enfer ! On se serait cru au far-West : une vieille locomotive à vapeur traînait une cinquantaine de wagons, pas étonnant qu'on ait mis douze heures pour atteindre Kayes. Le train s'arrêtait à toutes les gares pour embarquer des passagers, les wagons étaient pleins à craquer. Djibril me chambrait en disant : « tu vois en France une chose pareille n'existe pas. Alors Monsieur Afrique t'es fier de ton bled ? »

Je ne répondais pas à ses attaques mais dans le fond il avait raison.

Djibril

- Ah ! Maintenant, tu trouves que j'avais raison, t'as changé ta façon de voir les choses ?

Sékou

- Oui, j'ai changé mais laisse moi finir s'il te plaît, donc nous sommes arrivés à Kayes, épuisés. Ce n'est que le lendemain que nous avons pris un taxi brousse pour aller au village.

Sophie

- Le village était comme vous l'aviez imaginé ?

Sékou

- Ce n'est jamais comme on imagine. Nous sommes arrivés au village dans la soirée. Quand le taxi brousse s'est arrêté sur la place du village, il y avait beaucoup de monde : les uns pour accueillir les membres de leur famille, les autres par curiosité. Les gamins entouraient le taxi brousse comme s'il l'escortait. En descendant du véhicule dans la nuit sombre, j'avais du mal à reconnaître les visages que j'avais seulement vus en photo. Soudain j'entends quelqu'un qui m'appelle, c'était ma tante. C'est elle qui nous avait accompagnés là où nous devions séjourner. Ce n'était qu'après ce protocole que nous avons fait connaissance avec le reste de la famille. Nous avons tous mangé ensemble avant d'aller nous coucher.

Le matin, dès cinq heures, tout le monde s'active. Ici les gens, n'ont point d'horloge, point de réveil mécanique : on se lève avec le soleil, on se couche avec lui. Tout le monde travaille aux champs. Ce fut une véritable épreuve pour moi qui ai l'habitude de me lever tard en France. Au réveil, d'abord on visite la famille du père, on salue les plus anciens et enfin on est reçu royalement par la famille de la mère.

Ce pénible exercice qui dure une heure et qui se répète rituellement les trois premiers jours éprouvait les nerfs et le soir on était mort de fatigue.

Les soirs, notre oncle aimait bien nous raconter des histoires sur la famille, la société, le passé que nous écoutions avec attention ; surtout celles qui évoquaient la jeunesse de nos parents. C'est ainsi qu'on nous avait appris que mon père a été choisi pour aller en France parce qu'il était le plus jeune de la famille.

Sophie

- N'eût été cette providence…

Sékou

- Je serais né quelque part.

Sophie

- A part la famille, qu'avez vous fait au village ?

Djibril

- Sékou et moi avions rendu visite au maire.

Sékou

- Je n'étais pas chaud mais j'y suis allé pour tuer le temps. Le maire nous a expliqué l'histoire du village, les difficultés quotidiennes de la mairie, il nous a fait faire le tour du village : l'école, le centre de santé, le terrain de foot, le réseau électrique, les antennes relais... Je lui ai dit que c'est loin d'être un village désertique et qu'il est assez développé et je lui avais demandé si le village avait été aidé.

Il m'a répondu : « Tu rigoles mon petit, tout ce que tu vois ici est là grâce à ceux qui ont quitté le village pour aller travailler en France. Ils envoyaient de l'argent chaque fois qu'ils pouvaient le faire. »

J'en revenais pas, Djibril non plus.

J'avais remarqué qu'il y avait très peu d'hommes au village, la plupart étaient à la capitale pour travailler ou candidats à l'immigration dans les pays du Nord.

Les quinze jours au village nous ont mis une vraie claque, nous mesurions les efforts que nos parents avaient fournis pour nous et pour leur village. J'étais fier d'eux, eux qui n'avaient jamais oublié les leurs restés au village.

Sophie

- Une fois rentrés du village, étiez-vous les mêmes ?

Djibril

- A Bamako, l'ambiance n'était plus la même, ou plutôt le village nous avait changé. L'accueil de la famille avait été formidable. A Bamako c'était différent, on est retombé dans le bruit, la foule, le confort, la pollution ; l'occident n'était plus très loin avec son lot de problèmes à résoudre.

Nous sommes rentrés à Paris une semaine plus tard, ça nous a fait tout bizarre de revoir la cité. Le changement de contexte nous a mis une autre claque, je ne voyais plus le quartier de la même manière.

Sophie

- Après tout ce que vous avez vécu, je présume que le fait de se retrouver dans son quartier entouré de ses amis fut pour vous quelque chose de fort.

Sékou

- Quand je suis arrivé dans le quartier, je me suis dit : « Merde ! Je vis vraiment dans un horrible quartier. Les façades des immeubles dégradées, les rues ne sont pas nettoyées, l'environnement est monotone. J'ai ressenti pour la première fois un dégoût pour ce quartier. »

Djibril

- Au Mali, le contexte est totalement différent, tu ressens de la joie de vivre chez les gens. C'est vrai, que dès que tu arrives à la cité Lescure, tu retournes vite à la réalité comme l'a si bien décrit Sékou.

Au début tu es content de revoir tes amis mais au fil des heures tu retombes dans une sorte de monotonie.

Sophie

- Qu'est ce que vous retenez de votre voyage au pays ?

Djibril

- C'est la découverte de l'autre partie de mon histoire, celle de mes parents, de ma famille. Grâce à ce voyage, j'ai pu

construire mon identité. Il me manquait seulement cette pièce pour finir le puzzle. Quand je suis rentré en France, j'étais plus fort, j'avais envie de réussir et être, à l'avenir, utile à la France mais aussi au Mali. Là-bas, les gens manquent de beaucoup de choses néanmoins ils ne sont pas fatalistes. Ils ont une force intérieure que nous n'avons pas ici qui leur permet de relativiser et de positiver. Ils ne tiennent pas les murs et n'attendent pas que l'état les prenne en charge.
Tu n'as qu'à regarder le travail réalisé par le malien vivant en France dans leur village. Je garde un bon souvenir de ce séjour comme dit le dicton : « Les voyages forment la jeunesse ! »

Enfin, ce qui m'a surpris, c'est que finalement le Mali ressemble à la France avec peut-être quarante ans de retard. Même s'ils ont apparemment la même organisation politique et administrative, par exemple la décentralisation. J'ai vraiment été fier de l'impact de la France au Mali, à travers son modèle de démocratie, sa littérature, son savoir faire en art culinaire… Je me souviens d'avoir fêté le 14 juillet à l'ambassade de France. Ce fut pour moi un moment inoubliable.

Sékou

- Pour moi, ce voyage a été une totale satisfaction. J'ai appris à connaître mon histoire, j'ai enfin pu rencontrer ma famille. J'ai vu des gens qui souffrent et qui rencontrent d'énormes problèmes techniques comme lors de ce fameux voyage en train entre Bamako-Kayes. J'ai vécu de très bons moments, j'ai surtout appris qu'en Afrique le mot solidarité a du sens.
J'ai tout de même une déception : en France, je me suis toujours senti malien, là-bas j'ai vraiment senti qu'il me restait beaucoup à faire pour le devenir. Ce n'est pas avec mon

« soninké » fatigué que je vais pouvoir m'intégrer. Les maliens sont si différents de moi, ils sont calmes, patients, tolérants, respectueux. Tandis que moi je voulais vivre avec mon petit confort, ma télévision et surtout ma Playstation.
Là-bas, j'ai appris le respect envers les plus anciens, la solidarité envers les plus démunis.

Il faut reconnaître qu'une fois de retour en France, tu as tendance à les mettre de côté, la société devient de plus en plus individualiste. La canicule de l'été 2003 en est la triste illustration, les anciens sont décédés en partie à cause de leur isolement et de leur exclusion.

Djibril

- C'est totalement vrai ce que raconte Sékou sur le respect des anciens mais il oublie de dire qu'au Mali, il fallait lui faire chauffer son eau, tous les matins pour qu'il puisse prendre sa douche. Pauvre Sékou !

Sékou

- A Paris tu tournes le robinet ? T'as l'eau chaude. Là-bas t'as beau tourner le robinet, l'eau est toujours froide.

Djibril

- A chaque fois que l'on dormait dans un endroit, Sékou insistait pour qu'on lui installe sa moustiquaire. Un soir, il a même passé une nuit blanche car mon cousin avait oublié d'en mettre une. En plus, Monsieur ne buvait pas l'eau du robinet, il transportait toujours sa petite glacière remplie de bouteilles d'eau.

Sans oublier la turista !

Sékou

- Oh là là ! Ne m'en parle pas, le jour où ça t'arrive tu as intérêt de prévoir tes réserves en PQ.

Sophie

- C'est drôle ce que vous me dites, j'ai une amie qui est partie au Sénégal l'an passé et elle a vécu exactement les mêmes choses.

Djibril

- Tu vois Sékou même si ton cerveau veut absolument te faire croire que t'es malien, ton corps lui réagit en parfait petit Gaulois.

Sékou

- S'il te plaît, n'en rajoute pas, c'est juste une question d'habitude. Avec le temps ça passera.

Sophie

- Comment s'est passé votre arrivée en France ?
Plutôt bien, mon père nous attendait à l'aéroport, sauf que Djibril s'est un peu emporté à cause d'un flic de la douane qui a osé lui demander si c'était bien lui sur la photo de son passeport.

Sophie

- C'est monnaie courante, les faux passeports, il y en a beaucoup qui circulent, c'est normal qu'il doute un peu.

Sékou

- Ok ! Mais on était des gamins à l'époque, et le flic s'y est mal pris avec Djibril, bon on va décoller car mes parents vont bientôt rentrer.

Sophie

- D'accord, je vous invite au restaurant, comme ça on pourra continuer la discussion.

Djibril

- Ce serait avec grand plaisir mais j'ai du travail à rendre pour demain, ce n'est que partie remise !

Sékou

- Monsieur a toujours quelque chose à faire, bon on y va !

Sophie

- Salut Djibril, je suis heureuse d'avoir fait ta connaissance.

Djibril

- Moi de même, bonne soirée à vous.

Ils sortent de la maison pour se rendre au restaurant, Sophie trouve Djibril intéressant, il est posé et dégage une certaine sérénité. Ils redescendirent les dix étages à pied, tout en continuant à discuter. Au Rez-de-chaussée, ils tombèrent nez à nez avec une voisine réputée pour ameuter tout le quartier au moindre incident orchestré par les jeunes qui squattent les halls. Elle interpella Sékou qui est connu pour être un médiateur lorsque surgit un problème de ce genre. Mais Sékou n'était pas d'humeur à l'écouter.
Dès qu'il la vît, il fit une grimace mais resta poli : Valait mieux la laisser parler :

- Ah Mr Sissoko, je suis bien contente de vous rencontrer, figurez-vous que les vauriens que vous connaissez bien ont encore allumé un feu dans le local poubelle, sans compter tous les nouveaux tags qui viennent s'ajouter aux anciens. Cela ne peut plus durer. Qu'est-ce qu'elle leur a fait la mère de Monsieur Bouvier ? Pourquoi tant d'acharnement sur ce pauvre lieutenant de la police? Je vous préviens, je vais faire signer une pétition par tous les locataires pour que les familles des jeunes concernés soient expulsées. Y'en a marre de payer des charges inutilement ! Y'en a marre de toute cette vermine. Quand allons-nous enfin être débarrassés de cette « racaille » ? Vous qui savez parler à ces jeunes, faites leur comprendre que cette fois-ci je suis déterminée à aller jusqu'au bout si cela ne s'améliore pas.

Sophie ne perdait pas une miette de ce que disait la mégère. Sékou se contrôlait pour ne pas envenimer la situation mais pour ne pas faire de vague, il répondit simplement :

- Ne vous en faites pas Madame. J'irai leur parler. Promettez-moi de ne pas faire circuler de pétition avant, il y a sûrement une autre solution. D'accord ?

- Je vous donne jusqu'à demain ! Si rien ne change, je mettrai mes menaces à exécution, c'est bien compris ?

- D'accord ! D'accord ! Bonne journée.

Sans lui rendre son au revoir, la commère poursuivit son chemin en marmonnant d'un air exaspéré.

Sophie

- Eh bien, elle est très remontée, ça t'arrive souvent de gérer ce genre de problème ?

Sékou

- C'est récurrent, les adultes n'arrivent plus à communiquer avec les jeunes, quand il y a un problème, ils font appel à moi pour que je les aide à trouver une solution de compromis avec les jeunes.

Sophie

- Tu joues le rôle de médiateur, tu es en quelque sorte un grand frère !

Sékou

- Je n'aime pas le terme de grand frère car je refuse que l'on me catalogue comme une personne qui achète la paix sociale. Je préfère plutôt le terme de facilitateur pour ce genre de situation.

Sophie

- D'accord ! Alors on va manger ! Je te propose que nous allions manger dans un restaurant sur Paris.

Sékou

- Ah ! Franchement manger là-bas, cela ne me tente pas, en plus je n'ai pas la tenue adéquate. J'ai envie de manger un plat copieux et non pas une assiette avec 3 haricots qui se battent en duel.

Sophie

- Qu'est ce que tu proposes ?

Sékou

- Je connais un excellent restaurant marocain à République, leur couscous est très bon !

Sophie

- Allez ! Même si ma ligne va en prendre un coup, je te suis dans ton choix.

Sékou indique à Sophie le trajet pour se rendre au restaurant, c'est un vrai parcours du combattant, au bout de trois quarts d'heure de route et une demi-heure pour trouver une place pour se garer, ils arrivent enfin à destination. Le restaurant est décoré aux couleurs du Maroc avec une tapisserie traditionnelle, la musique est jouée par un orchestre berbère, les serveurs sont habillés en djellaba et en babouches. Dès leur arrivée on les installe confortablement. Sékou passe très vite sa commande, en effet on comprend mieux pourquoi il s'est entêté à venir ici, des feuilles de brique en entrée, un couscous royal et une salade de fruit en dessert. Quand à Sophie, ligne oblige, elle commande juste un tagine. En attendant qu'ils soient servis, Sophie continue son entretien avec Sékou.

LE PARRAIN

« Vous en avez assez de cette « bande de racailles ? »

« Eh bien, on va vous en débarrasser ! »

Propos de Nicolas Sarkozy en réponse à une habitante d'une cité d'Argenteuil.

Sophie

- Bouvier m'a dit qu'on te surnomme « Joe l'arnaque » comme dans les Daltons pourquoi ?

Sékou

- C'est mon ancien nom de gangster dans la cité, maintenant c'est du passé, j'ai payé pour mes conneries. Maintenant, j'estime avoir remboursé ma dette à la société.

Sophie

- Qu'est ce qui a bien pu te passer par la tête pour sombrer dans la délinquance ?

Sékou

- Comme tous les gamins de mon âge, je voulais me faire un peu d'argent, facilement et rapidement.

Sophie

- Il y a d'autres moyens de se faire de l'argent, ce n'est pas une excuse !

Sékou

- Ah ! Ouais et lesquels ? Parce que quand tu as quatorze ans, à part voler ou pleurer auprès de papa ou maman, je ne vois pas comment tu peux faire autrement. Je voulais faire comme tout le monde. C'est tout...!

Sophie

- Comment ça s'est passé ?

Sékou

- J'étais à l'époque dans la fameuse 4 ème B. Tous les matins mes potes nous racontaient comment ils se faisaient de l'argent en dépouillant des p'tits parisiens friqués. Chaque matin, ils nous montraient leur butin pris la veille. Y a des montres suisses, des blousons, des baskets, que d'la marque ! Et beaucoup d'argent ! Sûr que ça fait envie quand tu te trimbales les mêmes baskets depuis un an.
Attends une minute, je crois que le serveur va m'apporter mes feuilles de briques.
Ah ! Merci Monsieur, je commençais à trouver le temps un peu long, hum ! Ça à l'air très bon ! Sophie tu veux goûter ?

Sophie

- Non merci ! Je vais me contenter de mon tagine.

Sékou

- Fais comme tu veux, tu ne sais pas ce que tu rates !
Je te disais qu'un jour, mes potes nous ont proposé de nous emmener avec eux, pour que nous puissions voir comment ça ce passait. C'est ainsi qu'avec ma bande de potes nous avons décidé de les rejoindre.

Sophie

- Vous n'aviez vraiment rien d'autre à faire. C'est donc ce jour là que vous êtes passés à l'acte ?

Sékou

- Non pas tout à fait. Ce jour-là, c'était un mercredi après-midi. Mon père voulait que j'aille au cours d'arabe mais ça me saoulait. Du coup mes potes et moi nous les avons rejoint sur Paris.
Max et Rimka nous attendaient près du métro Saint-michel. Leur technique était simple. Ils repéraient des clients qu'il fallait suivre jusque dans un coin peu fréquenté. L'un deux faisait diversion en demandant l'heure ou une clope à la victime éventuelle tandis que l'autre arrivait en traître par derrière et piquait ce qu'il pouvait.

Sophie

- Donc, c'est ce jour là que toi et tes potes avez adopté pour la technique du dépouillage ?

Sékou

- Non. C'était une semaine plus tard. Ce jour là nous avons repéré nos deux mecs à l'air friqué et les avons suivis. Rimka nous accompagnait. Moi je devais faire diversion. Rimka et les autres devaient faire le reste. J'ai répété la scène au moins cent fois dans ma tête, je me suis approché des deux types et leur ai gratté une clope et du feu afin que les autres aient le temps d'intervenir.

Rimka arriva subitement et leur demanda d'enlever leurs chaussures. Les autres de la bande arrivaient à leur tour pour leur mettre la pression. Ils étaient devant nous pris de panique, le visage apeuré. Le ton est monté d'un cran devant la résistance des mecs. Rimka s'est énervé, il a commencé à les frapper et c'est là que je suis intervenu.

Sophie

- Comment ça « Joe l'arnaque » ?

Sékou

- En fait, j'me suis dégonflé, j'ai dit à mes potes de les laisser tranquilles et de ne pas de piquer leur affaires. Ils m'ont fait pitié les mecs.

Sophie

- Comment ont réagi tes acolytes ?

Sékou

- Ils se sont tous mis à me regarder comme si j'étais devenu fou. Rimka furieux m'a traité de baltringue. Du coup, les deux types en ont profité pour se casser. Rimka était dégoûté d'être passé à côté des pompes des gars, Il m'a pas lâché tout le trajet du retour.

Sophie

- Tu as été courageux !

Sékou

- Je n'étais pas devenu fou mais l'espace d'un instant je me suis souvenu de ce que mon père nous répétait souvent : « Tu dois mériter ce que tu as ! »J'ai payé cher mon acte héroïque.

Sophie

- Pourquoi ? Que s'est-il passé après ce différent ?

Sékou

- Le lendemain à l'école toute la classe était au courant de ce qui s'était passé la veille. J'ai passé de sales moments à me faire traiter de tapette, de trouillard, de traître.
Je peux t'assurer que ces moments-là, c'est ce qu'on appelle des moments de solitude.

Sophie

- C'est difficile sur le moment ce que tu as vécu mais tu as fait le bon choix.

Sékou

- Tu parles ! Je ne pouvais pas supporter cette humiliation et le samedi suivant, j'ai voulu prouver à Rimka et aux autres que j'en avais dans le pantalon.

Sophie

- Et cette fois tu es allé jusqu'au bout ?

Sékou

- Parfaitement. J'ai crocheté un sac à main. A l'intérieur, (accroche-toi) ! Il y avait la coquette somme de 3000 euros. Tout le monde était fier de moi, j'étais plus la p'tite tapette de la semaine passée. J'suis remonté dans leur estime d'un seul coup. C'est à ce moment que j'ai pris goût à l'argent facile.

Sophie

- Qu'est ce que tu as fait de cet argent ?

Sékou

- D'abord, j'ai acheté des conneries, aucun investissement dans la sape car mon père m'aurait cramé et savaté. Il se serait demandé avec quel argent j'avais acheté ces vêtements. Enfin, j'ai préféré mettre de l'argent de côté pour investir avec mon nouveau pote Rimka.

Sophie

- Dans quoi vouliez vous investir ?

Sékou

- Mon pote Rimka connaît tous les bons plans. Avec lui, j'ai vite brûlé les étapes. J'ai pu faire fructifier mon oseille plus vite que je ne l'aurais pensé.

Sophie

- Ah oui !

Sékou

- Au début, j'ai acheté une moto cross CR 250 pour faire le bogosse dans le quartier. Je faisais des levées sur toute l'avenue. C'était kiffant. J'avais la cote avec les meufs.

Sophie

- Je ne veux pas savoir. Tu as conscience que ces motos dérangent les riverains par leur bruit strident ?

Sékou

- Non, mais les gens se plaignent tout le temps. Ils ont toujours quelque chose à dire. Du coup ça me passait au-dessus de la tête.
Dès qu'il y avait un rayon de soleil, je sortais ma bécane de la cave que je m'étais appropriée dans le bâtiment d'à côté. J'me tapais mes délires autant que je pouvais.

Le serveur interrompt leur conversation :

- Je me souviens plus, le tagine c'est pour vous Monsieur ?

Sékou

- Non, non, c'est pour Madame.

Le serveur

- Excusez-moi ! Donc le couscous au merguez, c'est pour vous Monsieur.

Sékou

- Non, j'ai commandé un couscous royal !

Le serveur

- Excusez-moi Monsieur, mais j'ai cru entendre que vous vouliez un couscous au merguez. Je vais tout de suite demander en cuisine de vous en préparer un autre.

Sékou

- Non laissez tomber, je ne vais pas attendre, je vais prendre ce couscous.

Le serveur

- Je suis vraiment désolé.

Sékou

- C'est pas grave, bon, revenons à nos moutons. Je te disais qu'après cet investissement je me suis associé avec mon pote Rimka. C'était du sérieux, on s'est fait beaucoup de tunes.

Sophie

- Et de quelle manière vous vous êtes fait cet argent ?

Sékou

- Rimka est très impliqué dans le milieu du chocolat, il connaît beaucoup de monde. On a décidé d'acheter du chocolat en grande quantité qu'on vendait au détail à des prix défiants toute concurrence.
Avec mon BEP vente en poche, je connaissais toutes les techniques pour attirer la clientèle. Tous les parisiens venaient acheter chez nous et en quelques mois notre affaire a vite rapporté.
Au début Rimka et moi vendions nous-mêmes nos tablettes de chocolat sur le terrain, mais au fil du temps on faisait travailler des gens pour nous. Au bout de quelques mois, notre affaire marchait tellement bien qu'on s'est retrouvé à collaborer avec les plus grands experts en la matière et on en même temps on était content de trouver du boulot à d'autres désœuvrés comme nous.

Sophie

- Avant de démarrer vous avez fait une étude de marché ?

Sékou

- Non ! Nous on s'est lancé à l'aveuglette. Pourtant, on savait les risques qu'on prenait, mais on s'en balançait étant partis de presque rien on se disait qu'on ne risquait rien.
On avait une méthode bien rodée défiant toute concurrence. D'abord, Il fallait proposer un produit de qualité au client. Rimka connaissait un très bon grossiste, ce qui nous a facilité la tâche. Ensuite, il fallait trouver un moyen rapide de vente de la marchandise. C'est de là que nous est venue l'idée de mettre

en place la technique de l'interception : on se mettait dans les coins stratégiques à chaque fois que l'on apercevait un client potentiel, on l'interceptait pour lui proposer notre produit à des prix attractifs. Le client était tellement satisfait qu'il revenait nous voir à chaque fois qu'il passait dans le coin.

Sophie

- Vous teniez une boutique ?

Sékou

- Non. On n'en n'avait pas les moyens. Tout ce passait dans la rue. On squattait une cage d'escalier de préférence proche d'une bouche de métro, puis on s'arrangeait pour la détériorer. Rimka et moi cachions dans cette cave, une partie de notre marchandise, au frais de préférence. Puis, on faisait des allers et retours. Tout cela en faisant attention à ne pas gêner notre voisinage.

Sophie

- Avec vos nouveaux voisins comment ça se passait ?

Sékou

- Au début, tous les locataires nous disaient bonjour on les aidait à monter leurs courses... mais dès qu'ils ont vu que nous squattions tous les jours et que certains fumaient ou pissaient dans le hall, les relations sont devenues beaucoup plus distantes, même très tendues.

Sophie

- Et vos concurrents ils n'ont pas porté plainte pour concurrence déloyale ?

Sékou

- Les premiers jours ont été plutôt calmes, nos concurrents ne se doutaient pas un instant que nous venions d'ouvrir boutique. Au fil du temps et à la vue de la baisse progressive de leur chiffre d'affaires, ils ont commencé à s'inquiéter et à mener leur propre enquête. Une fois la filière remontée, ils ont commencé par nous intimider. Ils oubliaient que nous étions aussi déterminés qu'eux et que le marché était trop juteux pour le leur laisser en quasi situation de monopole. Pour contrer leur menace, nous avons dû faire appel à une équipe que Rimka connaissait bien et les choses sont vite rentrées dans l'ordre.

Sophie

- Je vois que vous vous êtes construit une véritable entreprise !

Sékou

- Oui, avec mon associé on a fini par avoir sous notre responsabilité près de trente permanents sans compter les vacataires dont la tâche se limitait à avoir des informations sur les concurrents. Ils surveillaient les rues en vue d'une éventuelle intervention des inspecteurs car tout le monde n'était pas déclaré.

Sophie

- Dans le même temps une entreprise de plus de trente salariés doit mettre en place un comité d'entreprise au sein de la boîte.

Sékou

- Je suis tout à fait d'accord avec toi, d'ailleurs j'estime avoir respecté la loi, j'offrais souvent des voyages à mes salariés au sport l'hiver ou dans les coins côtés du sud de la France en été. Pour les plus méritants, je leur offrais un séjour détente en Thaïlande. Tu sais mon personnel travaille dans des conditions difficiles dont la plupart n'ont pas le temps de gérer leur vie privée. Il faut alors de temps en temps leur donner l'occasion de profiter de la vie.

Sophie

- Tu n'as pas peur de te substituer à la mission de certaines institutions ? Je pense à la mission locale, aux services jeunesse, aux éducateurs, à l'école, à l'ANPE ?

Sékou

- Chacun fait son travail, d'un côté tu as des institutions qui tentent tant bien que mal de gérer des situations, la mission locale pour les jeunes en difficulté d'emploi, de logement, d'insertion. Les retours que j'ai des jeunes sont assez négatifs. Par exemple pour obtenir un rendez vous avec un conseiller, il faut parfois attendre un ou deux mois. Les services jeunesse proposent les mêmes activités depuis dix ans : bowling, cinéma, billard, piscine, football. Les éducateurs sont sur les

quartiers mais avec la masse de jeunes en difficulté, c'est dur pour eux de répondre à toutes les sollicitations. L'école fait de son mieux pour cadrer les mômes, mais ils sont beaucoup à la quitter sans aucun diplôme, et de plus en plus jeunes.
De l'autre côté, moi je rafle la mise, je permets aux jeunes qui galèrent de trouver un boulot rapidement, de se former, d'obtenir un niveau de rémunération assez correcte avec une évolution de carrière rapide, de bénéficier de prestations avantageuses au sein du comité d'entreprise.

Sophie

- Avec tout ce fric, tu as pu t'en acheter des motos !

Sékou

- Les motos ? Tu blagues, je me suis acheté le dernier modèle de chez BMW que je garai soigneusement dans un box loin du regard de mes parents. Je sortais souvent en boîte et je devais entretenir ma meuf. Tout le reste partait dans l'investissement de mon affaire car le cour du chocolat avait flambé.

Sophie

- Et tes parents, ils ont pu profiter de cette rentrée d'argent ?

Sékou

- Impossible ! Pour mon père tant que je n'avais pas un travail comme tout le monde, à savoir se lever tôt le matin pour aller bosser avec sa caisse à outils, sa blouse et sa gamelle, tout ce qui se faisait en dehors de ce schéma était pour lui hors cadre. Donc, je m'abstenais de lui montrer ce que je faisais et ce que j'avais. Pourtant, je devais vivre tous les matins avec les réprimandes de ma mère qui ne trouvait pas normal que je me lève tard pendant que tout le monde était censé être au travail. J'avais beau lui expliquer que le temps du plein emploi était révolu et que trouver du travail avec un BEP vente ce n'était pas facile, ça ne passait pas.

Sophie

- Tes parents ne voyaient pas ce que tu faisais dans le quartier ? Embaucher trente permanents ce n'est pas rien ?

Sékou

- Mes parents ne s'imaginaient pas un instant ce que je faisais mais de temps en temps, les p'tites commères du quartier essayaient d'ouvrir les yeux de ma mère. Ca ne marchait pas, elle avait confiance en moi et ne pouvait pas imaginer un seul instant qu'un bon à rien comme moi soit à la tête de ce type d'entreprise. Jusqu'à ce que ce qui devait nous arriver arriva.

Sophie

- Que s'est-il passé ?

Sékou

- Un soir, alors que je partais récupérer la caisse de la journée, j'ai eu la bonne surprise d'avoir un contrôle inopiné des inspecteurs. Apparemment ils surveillaient notre affaire depuis longtemps. Ils ont été mis au parfum par un de nos concurrents qui trouvait que l'on tuait ses affaires, C'te balance.

Tout le groupe a été placé en garde à vue. Certains mis en mandat de dépôt et certains relâchés par manque de preuve.

Sophie

- Que t'est-il arrivé ?

Sékou

- Les inspecteurs ont tout fait pour me faire plonger. Ils ont fait une perquisition chez mes parents. Ils ont même voulu emmener Djibril qui revenait des cours. Je me suis interposé en leur expliquant qu'il n'y était pour rien. Ma mère était en pleurs. Elle ne comprenait pas ce qui m'arrivait. J'ai été jugé le lendemain en comparution immédiate et j'ai pris 18 mois fermes. J'avais les glandes mais j'assumais ce que j'avais fait et j'nai balancé personne, c'est la règle.

Sophie

- Dix huit mois fermes pour avoir vendu des tablettes de chocolat c'est chèrement payé !

Sékou

- Je vois que depuis tout à l'heure, tu penses que mon business, c'était de vendre des tablettes de chocolat, t'es vraiment naïve.

Sophie

- Si ce n'est pas des tablettes de chocolat, qu'est ce que tu vends, alors !!!

Sékou

- Tu te rappelles l'inscription sur le mur de la cité tout à l'heure « Bienvenue au pays du PoPo ». Ici, tu es dans la plaque tournante du cannabis, PoPo est l'abréviation du mot Pollen qui est une plante dérivée du cannabis.

Sophie

- Pour ta famille ça a dû être un choc terrible d'apprendre que leur fils est un dealer de cannabis.

Sékou

- Quand tu fais des conneries, tu ne penses qu'à toi. T'es tellement absorbé par ce que tu fais que tu ne penses pas un instant que ça va faire du mal à ta famille. Mon père ne m'a plus jamais adressé la parole. Il était terriblement déçu. Pour lui, je n'étais plus son fils. Heureusement qu'il y avait Djibril et Aminata à la maison pour honorer l'image de la famille que j'avais selon lui bafouée.

Sophie

- Comment ça se passait en prison ?

Sékou

- Seule ma mère et Aminata ont été à mes côtés durant ces dix huit mois. Elles venaient me voir souvent au parloir et elles m'envoyaient des mandats de temps en temps. Djibril, lui était loin de tout cela, il les accompagnait au parloir mais n'a jamais fait de permis de visite. Il se sent loin de tout cela et il a raison. De temps en temps, il m'envoyait des lettres et ça me faisait plaisir. Ma mère disait au reste de la famille que j'avais été envoyé en mission à l'étranger pour mon taf. Tu sais, dans le milieu africain c'est difficile de dire que son fils est en prison. Les gens te jugent plus durement.

En prison, on vit difficilement, le pire, c'est qu'on y retrouve tous nos potes du quartier et on fait de nouvelles connaissances peu recommandables. Parfois on trouve le temps long mais on finit par s'y habituer. On essaye de gérer nos affaires de l'intérieur mais ce n'est pas évident.

Ce que je kiffais, c'était de faire de la musculation, du coup j'ai doublé de volume en 18 mois, c'était de la balle.

Sophie

- Après tes 18 mois comment s'est passé ta réinsertion ?

Sékou

- Au bout de quinze mois, je suis sorti avec les remises de peine. J'avais vingt-deux ans à l'époque, je n'ai pas perdu un instant pour rependre le contrôle de mes affaires. Tout avait été bien géré en mon absence et les affaires continuaient à prospérer.

Sophie

- Tu n'as donc tiré aucune leçon de ton séjour en prison, tu as tout de suite replongé ?

Sékou

- Non, au début, histoire que ma « daronne » me laisse tranquille. J'ai cherché du taf mais le marché du travail est saturé depuis longtemps pour les mecs comme moi. J'ai donc vite lâché l'affaire.

Sophie

- Et ton associé Rimka qu'est-il devenu ?

Sékou

- Mon pote Rimka est décédé dans son sommeil d'une crise cardiaque pendant que j'étais en détention. J'étais trop dégoûté, je n'ai même pas pu assister à son enterrement. A l'époque, Rimka était tout pour moi, il m'a permis de me lancer, sans lui je ne serais rien dans le milieu.

Sophie

- Et ce coup dur ne t'a pas donné envie de tout plaquer et rentrer dans le droit chemin ?

Sékou

- Non, il n'est pas mort à cause du Biz. Et puis, qu'est ce que Rimka aurait pensé de moi ? De toute façon, je ne pouvais pas stopper mes affaires comme ça. En prison, j'avais fait la connaissance de nouveaux potes avec à la clé de nouveaux marchés encore plus juteux. Je ne pouvais pas m'arrêter en si bon chemin.

Avec cette nouvelle équipe on a vraiment fait du très bon boulot. Elle avait une bonne réputation. Nous partions en mission à l'étranger avec des voitures puissantes, puis nous revenions chargés de cartons de chocolat, nous permettant de servir toute la région parisienne.
De temps en temps, on réalisait deux, trois braquages, pour gonfler un peu plus les fins de mois. Tout allait pour le mieux dans le meilleur des mondes.

Sophie

- Non seulement, tu as replongé mais en plus tu as multiplié tes méfaits, mais qu'avais-tu dans la tête ?

Sékou

- C'est le quartier, tout le monde est dedans, on ne pense pas à tout ça, on pense à l'argent, c'est tout ! Si on se posait trop de questions on ne ferait rien. On fonce jusqu'à ce que la police nous attrape, c'est comme ça ! Cette fois-ci ! Je sais pas d'où est partie l'info mais le coup que nous préparions est arrivé aux oreilles des flics.
Les équipes concurrentes n'hésitent pas à employer les gros moyens pour saboter nos projets. Elles vont jusqu'à nous balancer.
Le gros coup, c'était un braquage sur Panam, au moment de passer à l'acte, les flics nous ont interceptés. Pas la peine d'aller chercher plus loin, c'était encore un coup de balance.
Et là, rebelote 18 mois fermes. Mais cette fois, ma famille m'a lâché. Seule ma meuf, Fatima, venait me voir au parloir.

Sophie

- Ta famille en avait marre ?

Sékou

- Evidemment qu'elle en avait marre ! Attends, je sors de prison et trois mois après je retourne derrière les barreaux. Pour eux, ça été la goutte qui a fait débordé le vase. Je les comprends, à leur place j'aurai fait la même chose.

Sophie

- Comment as-tu vécu cette deuxième incarcération ?

Sékou

- Cette fois, j'ai vécu une détention totalement différente de la précédente. J'ai eu la chance de me retrouver dans une cellule avec un codétenu repenti qui m'a ouvert les yeux sur pas mal de choses.

Le serveur débarrasse la table et sert à Sékou son dessert.

Sophie

- A ta sortie de prison qu'est ce qui t'a poussé à t'engager au sein d'une association ?

Sékou

- Quand je suis sorti de prison, rien n'était plus comme avant. Je voulais opérer une rupture avec mon passé. Je me suis inscrit à l'ANPE et j'ai cherché du taf, c'était dur, j'ai galéré de p'tit boulot en p'tit boulot. J'ai fini par en avoir marre, c'est à ce moment que j'ai décidé de créer mon association, Nouvel Horizon.

Sophie

- Pourquoi ce nom ?

Sékou

- Je voulais vraiment permettre aux jeunes de la cité de se dégager de nouveaux horizons dans leur vie en leur donnant les moyens de réaliser leurs projets. Dans mon quartier, il n'y a rien pour la jeunesse et elle se sent de plus en plus exclue, c'est ce qui a motivé mon association.

Sophie

- Un gars comme toi ce n'est sûrement pas un exemple pour les jeunes, tu ne penses pas être en contradiction avec les valeurs que tu es censé véhiculer au sein de ton association ?

Sékou

- C'est vrai : jouer les bons samaritains du jour au lendemain, cela peu paraître louche. Au début, j'ai galéré pour obtenir des moyens afin de faire fonctionner l'association de la part de la mairie. Les gens se méfiaient de moi mais à force d'obtenir des résultats sur le terrain, les verrous sautent. Tu es sans cesse mis à l'épreuve, c'est perçu comme une troisième condamnation mais c'est le prix à payer pour réussir.

Sophie

- Comment se sont passées tes relations avec tes anciens potes ?

Sékou

- Ce fut très difficile. Ils ne comprenent pas pourquoi tu les lâches après une si belle ascension. Dans le milieu, j'avais une très bonne réputation, on accepte difficilement la repentance. Dernièrement, ils m'ont encore relancé sur un plan avec beaucoup de tunes à la clé mais j'ai refusé. Tu vois ce n'est pas facile, d'un côté quand tu veux t'en sortir on te rappelle tout le temps ton passé et de l'autre côté on te supplie de revenir aux affaires. Mais ma décision était prise, j'avais définitivement décroché avec toutes ces conneries, la prison m'a beaucoup apporté.

Sophie

- Ah ! Désolée, je n'ai plus de cassette, c'est dommage, on fait comment ? Demain tu es libre ?

Sékou

- Demain c'est vendredi, jour de la grande prière, je suis musulman, je ne suis pas libre avant 14h30.

Sophie

- On pourrait juste se voir après ?

Sékou

- Ok, pas de problème, on se donne rendez-vous à côté de chez mes parents.

Sophie

- Pas de souci. Allez, je te ramène dans ton quartier.

Sophie va payer l'addition, le serveur lui indique que le couscous de Sékou a été offert par la maison. Elle ramène Sékou dans son quartier, elle le dépose en bas de chez lui et rentre chez elle.
Une fois chez elle, Sophie fatiguée par cette rude journée décide de réécouter les bandes sonores de son entretien avec Sékou. Elle est satisfaite des propos qu'elle a recueilli auprès de Sékou et de son frère Djibril. Elle se dit qu'elle a vraiment un bon reportage à soumettre à Eric, son patron.
Elle se couche avec une multitude de questions à poser à Sékou.
Le lendemain, elle se lève vers midi, elle se prépare pour le rejoindre à 14h30 devant le domicile des parents de Sékou.

Elle arrive avec 15 minutes de retard, Sékou n'est pas là. Elle l'appelle sur son portable mais il est sur répondeur. Elle lui laisse un message, elle est très angoissée. Elle enclenche la centralisation des portes, on ne sait jamais, « le car jacking » c'est le sport numéro un dans ces quartiers. Soudain, elle voit s'approcher un groupe de barbus en djellaba qui se dirige vers elle, il y a aussi des femmes avec ces espèces de cages comme on peut en voir sur les femmes Afghanes. Elle est horrifiée. Soudain quelqu'un frappe à la vitre, c'est Sékou, Sophie se sent mieux, tout d'un coup.

INCH'ALLAH DIMANCHE

« Qu'est-ce que la séparation ? C'est la neutralité, consacrée par la loi, de l'État républicain en matière confessionnelle. »

Aristide Briand

Sophie

- Tu en as mis du temps, j'ai flippé, j'ai cru un moment que j'étais en Afghanistan !

Sékou

- Tu trouves ? C'est comme ça tous les vendredis, tu ne risques rien ici !

Sophie

- Qu'allons-nous faire maintenant ?

Sékou

- Je vais te faire visiter la mosquée !

Sophie

- Ca ne craint pas ? T'es sûr de toi ?

Sékou

- Non à cette heure-là, il n'y a pas grand monde, allez descends, on y va.

Sékou amène Sophie à la mosquée qui se trouve au bloc 30.

Sékou

- Voilà notre mosquée.

Sophie

- Ah d'accord, c'était quoi avant ?

Sékou

- C'était un ancien local technique, le bailleur nous l'a donné il y a trois ans.

Sophie

- Il est exigu, comment vous faites pour y rentrer tous ? D'après ce que j'ai vu vous êtes très nombreux à fréquenter la mosquée.

Sékou

- On se débrouille ! Les jours de grande affluence, le vendredi en particulier, on met les tapis dehors pour que tout le monde puisse faire sa prière. Pendant le ramadan, c'est vraiment difficile, on fait généralement deux tours le soir pour que tout le monde puisse faire sa prière.

Sophie

- D'accord, c'est un peu comme nous, les églises ne sont remplies que pour les grandes occasions.

Sékou

- Tout à fait, bon maintenant il va falloir que l'on parte, je te propose qu'on aille boire un verre en ville. Qu'en dis-tu ?

Sophie

- Ok ça marche ! Allons-y !

Ils se rendent dans un café au centre ville, il y a peu de monde et l'entretien continue.

Sophie

- Alors Sékou, tu m'as l'air bien engagé dans la religion, j'aimerais savoir si c'est par tradition ou par ferveur religieuse ?

Sékou

- Mes parents m'ont éduqué avec la religion musulmane comme base.
Quand j'étais môme, mon père me saoulait pour que j'aille apprendre le coran dans un foyer de migrants africains. Ca me prenait la tête car le prof était trop sévère. Je préférais de loin passer mes mercredis et samedis à faire du sport ou aller gratter les activités du service jeunesse.

Djibril était plus assidu que moi. D'ailleurs, il sait lire et écrire l'arabe littéraire. Il respecte à la lettre les cinq piliers de l'islam.
Je me souviens que pendant le ramadan, je me cachais dans les toilettes pour manger des gâteaux et boire du coca. Djibril me grillait à chaque fois mais il ne disait rien aux parents de peur de les décevoir.
Aujourd'hui ce n'est plus le cas, j'ai bien changé. Je fais la prière tous les jours, le jeûne et bien d'autres choses liés à l'islam.

Sophie

- Tu n'as pas l'impression de te réfugier derrière la religion musulmane pour masquer ton manque d'identité ?

Sékou

- Non, je te donne l'exemple de mes parents, ils n'ont pas eu les moyens de pratiquer leur religion dans de bonnes conditions. Ils avaient d'autres préoccupations en arrivant en France. Moi, je suis rentré dans la religion bien plus tard.

Sophie

- Par quel biais tu es rentré plus tard dans la religion ?

Sékou

- Je te disais hier qu'en rentrant en prison, j'ai fait la connaissance d'un homme qui m'a fait changer beaucoup de choses. Dans ma cellule, je suis tombé sur un barbu, Abdel-Badir. Il a atterri en prison parce que le juge le soupçonnait de fréquenter des islamistes qui projetaient de commettre un attentat dans le métro Parisien. Il avait un « pedigree » assez chargé avec de nombreuses interpellations pour vols, braquages, escroqueries…

Sophie

- C'est une sacrée fréquentation !

Sékou

- Au début, je me suis dit mince sur qui je suis tombé ! J'avais beaucoup d'appréhension. Je me souvenais de ces barbus qui venaient me parasiter dans le quartier, ils me saoulaient tellement que dès que je les voyais je me réfugiais dans un hall. Là, je me suis dit pas moyen de feinter, je vais être en permanence avec un barbu qui va tenter de me mettre une disquette à la place du cerveau.

Sophie

- Tu as demandé un changement de cellule ?

Sékou

- J'ai tenté, mais je savais que ça n'était pas possible, la prison était en sur-occupation. J'ai donc accepté cette situation, tout en espérant qu'il allait vite sortir de prison.

Sophie

- Vous avez donc finalement partagé la même cellule.

Sékou

- Malgré moi Oui, Abdel-Badir se levait tôt le matin pour faire sa prière et lire le Coran pendant que moi, je roupillais tranquillement jusqu'à midi. Il sortait uniquement pour prendre sa douche et manger. Le reste de son temps, il le passait à apprendre des sourates et faire des invocations. Souvent, je lui disais en plaisantant d'en faire pour moi pour que je puisse vite sortir de prison. Il a souvent essayé de me parler mais chaque fois, je lui disais, demain, on verra. Je trouvais toujours un prétexte pour m'esquiver. Il a fini par ne plus m'en parler et j'étais tranquille dans ma tête.

Sophie

- Il a quand même tenté de t'embrigader ?

Sékou

- Abdel-Badir est un jeune reconverti à l'islam, il est très strict dans la religion, c'est en vérité ce qui me faisait peur. Mon père pratiquait la religion musulmane avec une certaine modération. J'avais vraiment peur qu'il m'engraine dans des guerres saintes ou acte de terrorisme au nom de l'islam. Je ne voulais pas voir la réalité en face.

-

Sophie

- Finalement, tu as fini par t'y intéresser ?

Sékou

- Oui, c'est le comportement d'Abel-Badir qui m'a fait évoluer, j'avais l'impression de découvrir une autre religion. Je pense avoir maintenant trouvé ma voie, j'ai un idéal, d'autres valeurs, des réponses à mes interrogations. En quelque sorte un remède pour surmonter mes difficultés au quotidien.

Pour la première fois de ma vie, j'avais des regrets quant au mal que j'avais fait à ma famille.
Je comprenais mieux mes parents et n'avais qu'une hâte : me faire pardonner.

Sophie

- Tu penses que c'est aussi simple ? Qu'il te suffit de regretter pour être pardonné ?

Sékou

- J'ai dit que j'avais profondément changé, pas que j'étais devenu complètement abruti.
Je savais qu'il me fallait être patient et qu'avec le temps les esprits s'apaiseraient. Les parents aiment leurs enfants et sont capables la plupart du temps de pardonner les erreurs de leur progéniture.
La religion musulmane, comme toutes les religions d'ailleurs, m'a appris la sagesse, la tolérance, le respect des règles qui sont fondamentales pour vivre avec soi-même et avec les autres.

Sophie

- J'ai l'impression que tu veux me convaincre ?

Sékou

- Pas du tout, la religion est un choix, une conviction personnelle !

Sophie

- C'est vrai, je suis d'accord ! Moi j'ai eu comme éducation religieuse le catholicisme dont je ne suis pas pratiquante et d'ailleurs je suis surtout laïque.

Sékou

- C'est tout à ton honneur, chacun choisit sa religion en fonction de ses convictions personnelles. Et toi, tu penses quoi de la loi qui interdit le port du voile à l'école ?

Sophie

- Je pense que c'est une bonne loi, elle interdit « le port de signes ou de tenues manifestant une appartenance religieuse ». En tant que personne attachée au respect de la laïcité, c'est le minimum que l'on peut attendre d'une telle loi.

Sékou

- Moi, je pense que les filles ont eu raison, au nom de la laïcité et de la loi de séparation entre l'église et l'état, les filles devraient être acceptées à l'école. En Angleterre on accepte les filles voilées, on devrait prendre exemple sur ce pays

Sophie

- La laïcité en France est totalement différente.

Sékou

- En quoi est-elle si différente ?

Sophie

- En France, la laïcité désigne avant tout un régime juridique et politique de séparation entre l'État et les religions et de neutralité religieuse de l'État.
Après la révolution française, une rupture décisive a été opérée dans certains domaines et de manière durable. Ainsi, elle transfère l'état civil des paroisses aux municipalités, et instaure (outre l'égalité juridique entre les Français) le mariage civil et le divorce. La liberté de culte est accordée aux minorités (protestants et juifs), tandis que l'article 10 de la déclaration des

droits de l'homme proclame: « nul ne peut être inquiété pour ses opinions, même religieuses, pourvu que leur manifestation ne trouble pas l'ordre public établi par la loi ».

Dans le monde anglo-saxon, on parle plus volontiers de «sécularisation» pour désigner le déclin progressif de l'emprise du religieux sur la société et le processus de différenciation entre les sphères politiques, religieuses, économiques...

Au niveau de l'école par exemple, l'essentiel repose sur la loi Ferry qui laïcise les programmes scolaires (suppression de l'instruction religieuse, remplacée par l'instruction morale et civique), et sur la loi Goblet qui interdit aux congréganistes de continuer à enseigner dans les écoles publiques et organise leur remplacement par des instituteurs et des institutrices laïques. La laïcité permet « la liberté de conscience et la liberté religieuse ». Tu comprends maintenant pourquoi les enseignants sont réticents au port du voile dans les écoles. Ils doivent pouvoir enseigner sans faire de distinction de race, de couleur, de religion entre les élèves.

Sékou

- Pourtant le vendredi à la cantine on ne mange que du poisson, on fête noël et pâques et certains élèves portent des croix en cours, c'est contre la laïcité ça !

Sophie

- Notre pays à une forte tradition catholique et les choses ne changent pas du jour au lendemain. Et sur les fêtes religieuses, tu t'imagines, toi, au Mali, ne pas célébrer la fête de l'Aïd !!!

Sékou

- Mais au Mali on célèbre toutes les fêtes ! Même les fêtes catholiques, ce qui n'est pas le cas en France !

Abdel-Badir se plaignait souvent qu'ici l'islam n'est pas reconnu par rapport aux autres religions. Les musulmans sont contraints de pratiquer leur religion dans des conditions précaires, tu l'as vue de tes propres yeux tout à l'heure. C'est quand même honteux pour un pays comme la France ! La loi de 1905 n'est pas équitable pour toutes les religions.

Sophie

- Je reconnais qu'il y a encore des efforts à faire. Je te disais tout à l'heure que ceux qui se battaient pour la laïcité ont été des religions qui étaient minoritaires à l'époque. Une loi est toujours un compromis. Les protestants et les juifs voulaient absolument que l'état soit neutre afin de réduire la pression qu'exerçait l'église sur l'état pour garder ses privilèges. A cette époque, la religion musulmane était pratiquement absente en France, c'est pour cette raison qu'elle se sent lésée aujourd'hui. Je pense qu'il faudrait réparer cette injustice, tout en garantissant le respect de la laïcité.

Il faut savoir que l'une des grandes victoires de la laïcité est qu'elle te permet de pratiquer ta religion uniquement dans la sphère privée. Quand tu te rends dans un hôpital public, les médecins te consultent sans te demander ta religion. Lorsque tu vas à l'école les profs ne te demandent pas quelle est ta religion ? C'est la grande victoire de la laïcité.

Sékou

- Comment penses tu que l'État pourrait réparer cette injustice ?

Sophie

- En proposant qu'une nouvelle loi puisse permettre à l'Etat de financer des lieux de culte selon un cahier des charges strict, tout en respectant la laïcité.

Sékou

- On verra dans le temps si ce que tu me dis se réalisera, tout ce que je sais c'est que, plus le temps passe plus les idées extrémistes progressent dans les quartiers, ce qui n'est pas de bonne augure.

Sophie

- Chacun devra assumer ses responsabilités, après on verra bien. Et ton frère Djibril, qu'en pense t-il ?

DOUCE FRANCE

« L'humanité est constamment aux prises avec deux processus contradictoires dont l'un tend à instaurer l'unification, tandis que l'autre vise à maintenir ou à rétablir la diversification. »

Claude Lévi-Strauss

Sékou

- Mon frère Djibril pense comme toi, d'ailleurs. C'est ce qui lui a valu le surnom de « Djibril le Breton. »

Sophie

- Pourquoi Djibril le Breton ?

Sékou

- A mon avis mon frère est trop francisé, d'ailleurs même à la maternelle ses potes étaient tous des p'tits toubabs. Il me fait penser à un jeune Breton fier de sa culture d'origine, la revendiquant à certaines occasions! Tout en étant intégré dans la société française. Ça parait paradoxal, mais c'est comme ça qu'est Djibril. Il ne reniera jamais ses origines mais respecte très fortement les valeurs de la République française, c'est pourquoi je l'ai surnommé Djibril le Breton.

Sophie

- C'est une drôle de comparaison ! La Bretagne est une région française alors que le Mali est sur un autre continent à 5000 km de la France. Comment peux-tu faire un tel raccourci! Explique-moi ton raisonnement parce que là, je ne te suis pas !

Sékou

- Ce n'est pas si bizarre que ça ! Crois-moi ! D'après Djibril, le Mali, c'est la France, la langue officielle, c'est le français, la monnaie nationale, c'est le franc CFA, les manuels scolaires sont rédigés en français. Il estime que la distance qui sépare nos deux pays n'est qu'un faux prétexte. D'autant que Bamako, ce n'est en vérité qu'à six heures de Paris, en avion.

Sophie

- Vu comme ça, c'est vrai que ça donne un sens à son surnom. Ce n'est pas pour autant que ton frère a tort de vouloir se faire assimiler dans le pays d'accueil de ses parents. Après tout, il est né ici et a baigné dans la culture française.

Sékou

- Oui, mais il me gonfle avec son drapeau tricolore. Ce pays, il le kiffe. Il se sent gaulois et il croit au symbole de cette république, Liberté, Egalité, Fraternité. Alors que moi je pense que ce pays n'a rien fait pour nous.
Il se la joue « français ». Même à l'école, il avait appris tous les couplets de la marseillaise. A chaque compétition sportive, il la fredonnait debout, la main sur le cœur. La honte ! Tous mes potes se foutaient de lui ! T'imagines quand on me confondait avec lui, j'étais mal.

Ce type-là, me rendait fou parce qu'à certains moments il était trop pro malien, surtout dès qu'un athlète malien apparaissait aux Jeux Olympiques.
Je lui rappelais pour le chambrer une anecdote concernant un sportif franco-camerounais de haut niveau. Quand il gagnait un match, les commentateurs disaient : « le Français a remporté le tournoi de Roland Garros », c'était une fierté pour la France. Lorsqu'il perdait, les mêmes commentateurs disaient : « le Camerounais a été battu au premier tour du tournoi de Wimbledon. » Je lui disais, tu vois la reconnaissance ne se limite qu'aux victoires.

Sophie

- D'où lui est venu cet amour de la Gaule ?

Sékou

- Je lui disais souvent, tu penses que tes ancêtres sont des Gaulois ? Et lui, il me répondait par provocation, oui, même s'il savait qu'une autre partie de son histoire était ailleurs...

Djibril s'intéresse à tout. Nos parents nous ont toujours inculqué des valeurs africaines, mais lui prenait souvent ses distances avec tout cela. C'est un garçon qui aime particulièrement la politique. Je me souviens de véritables passes d'arme pour regarder la télévision. Il nous saoulait avec ses émissions politiques et culturelles.
La politique lui a mangé le cerveau. C'est peut-être une des raisons pour lesquelles il se prenait tant la tête à l'école. Plus que jamais, il savait dans quel environnement nous baignions, il savait que pour réussir il fallait se battre. Personnellement, je n'ai pas suivi son analyse car je considère que mon passé est ailleurs. D'ailleurs, je me sens plus malien que français même si mon voyage au bled m'a fait évoluer sur certaines choses.

Aujourd'hui, je suis convaincu que pour réussir en France, il faut que nous prenions exemple sur le modèle anglo-saxon parce que dans ces pays les minorités sont mieux considérées. A la télé Anglaise ou Américaine, lorsque tu regardes la télévision les minorités occupent de bonnes places dans les films, ils jouent des rôles importants, leur commissaire Navarro est noir… Tandis qu'en France, il faut que le Président de la république incite les médias à embaucher des minorités jusque là invisibles pour qu'elles puissent être représentées sur les écrans de télé.

La France est en retard, elle est trop conservatrice. Elle devrait se calquer sur le modèle anglo-saxon pour ces problèmes là.

Sophie

- Tu es donc pour instaurer une politique de quotas à la télévision ?

Sékou

- Pas qu'à la télé, dans tous les secteurs ! La parité a bien instauré des quotas pour que les femmes puissent avoir accès à des responsabilités en politique. Je trouve légitime que nous en fassions autant pour les minorités si cela doit passer par une politique de quotas, pourquoi pas. Aujourd'hui TF1 fait un grand geste en nommant un journaliste noir au 20 heures, c'est génial, les émeutes de l'an dernier auront au moins profité à une personne.

Je suis pour le communautarisme qui reconnaît qu'un individu a besoin d'être protégé pour exister.
Il y a trop d'inégalités et de discriminations en France. Je crois que donner aux différentes communautés des droits spécifiques représenterait une réelle avancée, en pratiquant la discrimination positive, nous aurons plus de facilité pour nous intégrer dans la société. C'est une étape obligatoire pour faire évoluer les mentalités puisque le principe d'égalité n'est pas respecté.

Sophie

- Ce que je trouve choquant, c'est que dans le modèle anglo-saxon communautariste, l'intégration passe par le groupe qui fait ainsi l'objet de mesures spécifiques dans le cadre de la discrimination positive.

A l'inverse, notre modèle d'intégration à la française est un processus individuel excluant l'idée de traitement communautaire.

Au nom de la lutte contre la fragmentation de la nation et de l'éclatement de la société, il s'agit, pour le nouvel arrivant, d'abandonner les valeurs de sa culture d'origine pour s'approprier celles de la nation française.

C'est pour cela que nommer un préfet parce qu'il est musulman a été très mal perçu en France.

Est-ce que tu penses sincèrement que dans les pays anglo-saxons les inégalités ont été gommées ? Tu n'as qu'à regarder ce qui se passe pour les minorités. Les Noirs et les Hispaniques sont des millions à être en prison. Ils vivent dans la précarité, ils sont au chômage et là-bas il n'y a pas de Sécurité sociale. Tu connais la durée de vie moyenne d'un Noir vivant dans les « Ghettos » ? C'est environ quarante six ans. Pourtant ils vivent en communauté, elle ne garantit pas leur protection. En plus, les rivalités ethniques sont d'une rare violence.

Sékou

- Peut-être, mais il y a dans le même temps des ministres, des juges, des avocats noirs, c'est toujours mieux que rien. En France aussi les prisons sont pleines à craquer de jeunes Noir ou Maghrébin. Il y a eu aussi des émeutes pas pour les mêmes raisons, certes, mais ce qui prouve bien qu'il y a un malaise dans la société française.

Djibril me saoule avec son modèle d'intégration républicain qui, comme tu l'as définis met tous les citoyens sur le même pied d'égalité. Cette égalité, je ne l'ai jamais vu, nulle part, ni à l'école, ni quand je cherchais du travail. On mettait mon CV à la poubelle, quand on découvrait que j'étais noir. Idem pour les vacances. C'était la galère pour réserver un hôtel ou un camping. Quand ton interlocuteur te demande ton nom, tu sais que c'est mort. Des exemples comme ceux-là ! J'en ai des milliers ! Excuse-moi, mais ton modèle d'intégration républicain, il est atteint d'un cancer ! Il est en phase terminale !!!

Je n'ai jamais compris pourquoi mon frère s'obstinait avec ce modèle. Quand il était en terminale, il rêvait d'intégrer une grande école de commerce. Il a déposé son dossier avec tous ses bulletins depuis la seconde. Chaque année, il avait pas moins de quinze de moyenne générale. Eh bien ! Son dossier a été refusé ! Alors que celui de son meilleur pote Jean-Michel qui avait tout juste la moyenne, a été accepté. Tu appelles ça l'égalité des chances, toi ? Laisse-moi rire. Malgré cette injustice, Djibril continue de vénérer le modèle d'intégration républicain français. Il a pris son courage à deux mains et s'est inscrit dans une école privée à 7500 euros par an. Il a dû bosser tout l'été, la journée dans l'animation et le soir dans la sécurité pour ne payer qu'une partie de son inscription. Il a aussi fait un crédit, dans une banque pour une durée de deux ans. J'ai voulu l'aider mais il a refusé mon offre. Mon frère a de la fierté mais surtout il ne voulait pas de mon argent sale. La galère a

continué, il devait faire un stage en entreprise, il a morflé pour en trouver un. C'est grâce à l'intervention de l'un de ses potes élu, qu'il a pu entrer dans une grosse boîte. Que faut-il donc lui dire qu'aux yeux de la société française, il est et restera un jeune français issu de l'immigration ?
Tu trouves ça normal ou tu vas me tenir le même discours que pour la religion musulmane ; il faut attendre, prendre le temps que les mentalités évoluent.

Sophie

- Notre modèle d'intégration n'est certes pas parfait mais pourtant toi et bien d'autres en ont bénéficié.

Sékou

- La France nous demande d'abandonner les valeurs de notre culture d'origine pour que nous nous appropriions celles de la nation française.

Sophie

Ce que tu me décris c'est l'assimilation, un des outils de notre modèle d'intégration. Autrefois, la France était fortement régionalisée, sans trop de référence à une identité nationale commune. Ce qui engendrait des problèmes de gestion des conflits entre les différentes régions. C'est pour cela que depuis des siècles la France a comme ambition de donner la possibilité à chaque français ou étranger s'installant durablement sur le territoire, de se référer à une seule et même identité nationale avec une langue, une monnaie, une instruction, et des valeurs communes.

Sékou

- C'est bien ce que je pensais, vous voulez que j'oublie mon Mali profond pour votre culture, jamais de la vie ! J'ai trop d'attaches au bled. Ici on me fait trop la misère, pas de taf, pas de logement, pas d'espoir de réussir. Pour rien au monde, je ne lâcherai mon pays, mes ancêtres ne sont pas gaulois mais maliens.

Mon voyage au bled m'a fait prendre conscience d'une certaine réalité ; si je pars vivre au bled j'aurai du mal à m'intégrer à la vie malienne, mais je suis convaincu que mon destin se situe plus là-bas qu'ici.

Sophie

- La France doit redevenir ce qu'elle a été durant toute son histoire, un pays ouvert ayant une politique d'intégration républicaine enviée dans le monde entier. Ce modèle d'intégration doit être à mon sens sans cesse amélioré. Par exemple selon ce que tu m'as dit, je définirai trois champs importants qui pourraient servir de ciment pour orienter notre politique d'intégration.

Tout d'abord, l'assimilation choisie, elle concerne toutes les personnes bénéficiant du droit du sol. Elles jouissent de leurs droits civils et civiques et ont comme particularité d'accepter les valeurs du pays d'accueil tout en rejetant celles du pays d'origine de leurs parents. Ce fut le cas des Hongrois, des Polonais, des Italiens, des Belges.

Ensuite, tu as l'assimilation partagée, elle concerne également toutes les personnes bénéficiant du droit du sol qui ont leurs droits civils et civiques. Ils acceptent les valeurs du pays d'accueil tout en gardant un fort attachement à leur culture d'origine. C'est le cas de ton frère Djibril, du breton, du Corse, de l'antillais…

L'assimilation choisie et l'assimilation partagée devront permettre à toutes celles et ceux qui sont nés en France, de parents étrangers, de trouver leur place au sein de la communauté nationale qui doit à son tour les reconnaître comme des enfants faisant partie de la nation.

Enfin, tu as l'intégration, elle concerne tous les étrangers qui viennent chercher leur destin en France. Ils doivent respecter les lois du pays d'accueil tout en gardant les valeurs de leur pays d'origine. Ils auront comme obligation de respecter un pacte d'intégration leur garantissant des droits évolutifs mais aussi des devoirs.

Cependant les choses ne sont pas figées, il y a une possibilité d'évoluer d'un champ à l'autre. C'est un véritable parcours d'intégration que je propose.

Par exemple, une personne qui aurait fait le choix de prendre l'assimilation choisie, elle peut, si elle le souhaite, évoluer avec le temps vers le champ de l'assimilation partagée, sans que ces droits acquis soient remis en cause.

En clair, un jeune Nicolas d'origine hongroise peut très bien se dire un jour qu'il va renouer contact avec le pays d'origine de ses parents. Si l'expérience s'avère concluante, il se situera maintenant dans le champ de l'assimilation partagée.
Un autre exemple : Un étranger qui vit en France depuis dix ans qui accepte progressivement les valeurs du pays d'accueil

tout en gardant celle de son pays d'origine, il pourra évoluer vers le champ de l'assimilation partagée, et ainsi bénéficier de nouveaux droits.

Sékou

- Et moi tu me ranges dans quel champ ?

Sophie

- Dans le champ de l'assimilation partagée.

Sékou

- Hors de question. Je n'accepte pas les valeurs de la France, moi ! Je me situe plus dans le champ de l'intégration.

Sophie

- Arrête ton cinéma, tu l'as reconnu tout à l'heure, tu es plus français que malien mais par manque de considération de la communauté nationale tu te retrouves exclu ! Avec ce nouveau modèle d'intégration, je suis sûre que tu retrouveras toute ta place, tu te sentiras concerné par ce pays et seras le premier à chanter la marseillaise la main sur le cœur !

Sékou

- Moi tu me saoules avec ton modèle d'intégration, je voudrais juste savoir comment tu vas t'y prendre pour faire fonctionner ton Pacte pour l'intégration.

Sophie

- C'est simple, l'état devra créer une agence du pacte de l'intégration (API) qui sera chargée de l'accueil et du suivi des étrangers tout au long de leur présence en France. C'est au sein de cette agence que l'étranger devra s'adresser pour toutes demandes. Au bout de cinq ans, l'agence devra à la demande de l'intéressé émettre un avis sur sa demande d'inscription aux listes électorales pour les élections locales. Au bout de dix ans, elle devra aussi émettre un avis sur son dossier de naturalisation. L'agence pourra s'appuyer sur les différents rapports établis après chaque point de situation réalisée chaque année. Ceci permettra de vérifier si la personne respecte le pacte à savoir, l'apprentissage de la langue, être en situation de travail, respecter les lois et les valeurs de la république.

Sékou

- Ton pacte pour l'Intégration propose de donner le droit de vote aux étrangers aux élections locales, je ne comprends pas pourquoi ils ne pourraient pas voter pour les élections nationales !

Sophie

- Il s'agit d'un vrai débat, dans nos démocraties les droits attachés à la citoyenneté sont ceux des nationaux, ils peuvent élire, leur représentant députés, sénateurs, Président de la République qui sont les dépositaires au nom du peuple de la souveraineté nationale. Ils peuvent ainsi par leur vote peser sur les grandes orientations du pays. C'est pour cela qu'il me paraît difficile de permettre à un étranger de participer aux élections nationales, d'autant plus que dans mon pacte pour l'intégration, il pourra faire une demande de naturalisation, au bout de dix ans de présence sur le territoire. De plus, le droit de vote des étrangers aux élections locales amènera un changement de la constitution puisque les conseillers municipaux élisent les sénateurs. C'est déjà me semble-t-il une grande avancée démocratique !

Sékou

- Je suis de nature pessimiste ! Mais je pense que ton modèle d'intégration peut modifier en profondeur la société française. La France doit assumer le fait qu'elle change, le béret et la baguette reste un symbole, elle doit accepter qu'une partie de sa population s'habille en jeans, basket, casquette.

Sophie

- De toute façon les prochaines élections devront trancher sur le modèle d'intégration sur lequel nous devons nous appuyer pour mettre en œuvre notre politique à destination de notre diversité culturelle.

Sékou

- Si c'est pour répéter ce qui s'est passé en 2002 ce n'est pas la peine. Je n'ai jamais vu une élection présidentielle qui se joue sur un fait de société. J'avais l'impression que tous les maux de la France, le chômage, la précarité… ne pourraient se résoudre qu'en virant les étrangers et en mettant les jeunes de banlieue en prison !

Sophie

- Pourtant l'insécurité est bien réelle ?

Sékou

- Tu es mieux placée pour en parler, moi un peu moins. C'est sûr qu'il y a des problèmes et qu'il faut les régler mais je ne vois pas en quoi cette présidentielle changera quelque chose à notre sort.

Sophie

- Sur tous les problèmes économiques, sociaux et les problèmes de société que nous avons soulevés depuis tout à l'heure, tu penses que cela ne donnera rien de nouveau ?

Sékou

- Moi la politique, je m'en tape ! C'est pour Djibril ! Il t'en dira beaucoup plus que moi. Je sais que j'irai voter si le débat est intéressant. Mon frère se dit de gauche et il pense que pour gagner les élections présidentielles il faudra un candidat costaud parce qu'en face, y a que du beau monde.

Sophie

- Pourquoi pas une candidate ?

Sékou

- Une candidate, en France ! Jamais de la vie ! Tu sais que les femmes n'ont le droit de vote que depuis 1945 ! Souviens-toi, une femme a été premier ministre pendant six mois, ben les mecs ont tout fait pour qu'elle démissionne. Ils sont très macho les politiciens français. On murmure de plus en plus le nom d'une femme pour représenter la gauche, je ne sais pas si elle ira jusqu'au bout mais si tel était le cas, je voterai pour elle, histoire d'être solidaire avec les minorités.

Sophie

- Si je suis ton raisonnement, tu es prêt à voter pour un candidat uniquement parce qu'il fait partie des minorités. Donc demain, si un candidat homosexuel ou handicapé se présente aux élections tu voteras pour lui ?

Sékou

- Pourquoi pas, j'irai même jusqu'à instaurer des quotas pour toutes les minorités, je ne vois aucun mal à voter pour un candidat homosexuel ou handicapé.

Sophie

- D'accord mais que fais-tu de son programme ? Ton jugement devrait se baser là-dessus et pas sur la particularité d'un candidat.

Sékou

- Pas forcément, chacun a ses critères de sélection. Et, toi, tu as déjà fait ton choix ?

Sophie

- Je ne te dirai pas pour qui je vais voter, à vrai dire, je suis comme la plupart des français, je suis encore indécise mais j'ai une idée sur la question.

Sékou

- Tu bottes en touche. Tu crois que je ne lis pas dans tes yeux. Je suis sûr que tu es de droite.

Sophie

- Je ne sais pas vraiment. Bien que je sois proche de certaines de leurs idées. Mais on verra, de toute façon, il y aura plusieurs candidats à droite, comme en 1995. Ça me permettra d'affiner mon choix. C'est ça la démocratie : que le plus convaincant gagne !

Sékou

- Tu vois ! J'avais raison. Moi, mis à part la candidate de gauche, il y en a un qui me plaît beaucoup, nous partageons la même vision des choses sur le modèle d'intégration en vigueur outre-Atlantique.

Sophie

- A mon avis, il y aura des discussions à bâtons rompus qui mèneront à un changement en profondeur de la société française.

Sékou

- Quel changement ! Pour qui crois-tu que ça va changer ? En tout cas pas pour les jeunes des quartiers ! Elections après élections droite ou gauche n'ont jamais rien changé dans les quartiers, les jeunes ne trouveront pas plus de boulot après les présidentielles.

Au même moment un homme s'assoit près de leur table, il est vêtu de sa tenue de travail, il doit apparemment sortir de l'usine de traitement des eaux usées situées non loin du centre ville.

Sophie

- J'en ai marre d'entendre toujours le même refrain, trouver un travail c'est dur pour tout le monde. Vous, les jeunes des cités, vous voulez tout et tout de suite, il faut accepter de travailler dur pour gagner sa vie. Beaucoup de gens galèrent sans pour autant se plaindre à longueur de journée.

Sékou

- Je suis désolé mais il y a une différence entre eux et moi, contrairement à eux, mon nom est Sissoko et le leur Dupond ou Durand.
Ca pèse dans la balance quoi que tu en dises ; je le sais pour l'avoir vécu.

Sophie

- C'est un faux problème, bien des jeunes issus des quartiers s'en sont sortis et ont même fait carrière dans la sphère politique. Alors, tu vois il suffit d'avoir de la volonté.
L'homme assis écoute leur conversation, on le sent agacé, il bouge dans tous les sens et ne peut s'empêcher d'intervenir dans la discussion

Chui d'accord avec vous M'dame. Tous ces immigrés, ils viennent ici pour prendre notre pain, nos femmes, faire des gosses, gratter les allocs, la CMU... Y'en a même qui vivent avec trois femmes dans un trois pièces avec quinze gosses qui finissent par brûler nos voitures. Si y sont pas content y z'ont qu'a rentrer dans leur pays !

Sophie

- Monsieur, je ne vous permets pas d'interpréter mes propos, je n'ai jamais tenu de telles allégations. Votre raisonnement est raciste et scandaleux !

Sékou

- D'abord Monsieur, j'ai le droit de m'exprimer et de dire ce que je pense, nous sommes en démocratie. Continue de te saouler la poire et laisse-nous terminer notre conversation dans le calme.

Je n'ai pas d'ordre à recevoir de gens comme toi ! Je suis ici dans mon pays et vous demoiselle, vous ferez mieux de rentrer à la maison vous occupez de vos enfants !

Sophie

- De quel droit vous vous permettez de me parler comme ça ! Si vous continuez je vais porter plainte !

Le barman arrive et intervient

- Madame, je vais vous demander de quitter les lieux ! Ce monsieur est un bon client, je ne veux pas ce genre d'altercation dans mon bar.

Sophie

- Comment ça ! Ce monsieur tient des propos racistes et vous me demandez à moi de partir. C'est scandaleux ! Je suis journaliste, ça ne va pas se passer comme ça !

Le barman lui répond :

- C'est très bien, vous me devez quatorze euros, j'encaisse maintenant, dépêchez vous, j'ai des clients qui m'attendent !

Sékou

- Tiens ton argent, Sophie laisse tomber, on se tire d'ici !

Sékou et Sophie se lèvent et se dirigent vers la sortie, l'ouvrier lâche une dernière phrase.

- Bon débarras et ne revenez plus jamais ici !

Sophie se retourne et souhaite lui répondre, Sékou l'en dissuade et lui dit :

- Laisse tomber ne répond pas à ses provocations, il n'attend que ça !

Ils sortent du bar et se dirigent vers leur véhicule. Sophie est toujours remontée.

Sophie

- Il faut que je garde mon calme, tu as entendu ce pauvre con, pour qui il se prend de me juger de cette manière là, ce type est raciste jusqu'au bord !

Sékou

- Tu sais avec ce genre de personne, ça ne sert à rien de s'énerver. Il est dans son monde, tu as beau vouloir lui démontrer que ces arguments sont bidons, ça ne changera rien. Moi je trouve que le pire dans tout cela c'est l'attitude du barman !

Sophie

- Lui aussi ! Il va entendre parler de moi, je vais lui coller SOS Racisme sur le dos !

Sékou

- Tu perds ton temps, ces gars là ne changeront jamais ! Ils sont formatés depuis l'enfance. Si tu souhaites faire reculer le racisme, il faut arrêter de vouloir sans cesse condamner les discours racistes. Il faut au contraire travailler afin de réduire la distance entre l'énonciateur du discours raciste et la victime du racisme. Par exemple, on disait des polonais, des hongrois, des italiens qu'ils venaient prendre le travail des bons français, qu'ils étaient sales et délinquants.

Aujourd'hui ce discours n'est plus d'actualité, ces personnes ont su s'intégrer dans la société française, les rejetés d'hier sont devenus les intégrés d'aujourd'hui.

Sophie

- C'est vrai que ça été difficile pour eux, aujourd'hui c'est le même discours que l'on peut entendre sur les maghrébins qui sont tous des voleurs et les noirs sont tous des feignants. Bon, qu'est ce qu'on fait maintenant ?

Sékou

- On retourne une dernière fois au quartier, juste avant que tu ne partes, je veux absolument te montrer le centre social.

Sékou emmène Sophie vers le centre social, il porte le nom d'un célèbre homme politique qui fut assassiné en 1914, Jean Jaurès.

NI PUTES NI SOUMISES

« La liberté consiste moins à faire sa volonté qu'à ne pas être soumis à celle d'autrui. »

Jean-Jacques Rousseau extrait de Discours sur l'inégalité.

Sékou

- Voilà le centre social, il a dix ans, ici on développe des activités pour toutes les générations, il y a une bibliothèque, une halte garderie, un service jeunesse, une mairie annexe. C'est un véritable équipement de quartier à vocation intergénérationnel.

Je vais te montrer la salle d'expression. A cette heure, elle est occupée par ma sœur et ses copines.

Ils entrent dans la salle, les jeunes filles sont en train de répéter leur chorégraphie. Sékou voyant qu'il les dérangeait dans leur répétition, ferma la porte.

Tu as vu la fille avec son jogging blanc et le haut rouge ? C'est ma sœur, Aminata.

Sophie

- Ah d'accord ! Il n'y a aucune ressemblance entre vous. Elle a l'air calme et introvertie. Parle-moi un peu d'elle.

Sékou

- Ma petite sœur Aminata, je la respecte. Elle a toujours été à mes côtés quand j'étais dans la galère. Elle n'est pas comme ces meufs de quartier qui passent leur temps à chauffer les mecs. Je fais attention avec qui elle traîne car de nos jours on ne sait jamais ce qui peut arriver.

Sophie

- Ah bon ! Les nanas des quartiers chauffent les mecs ? Elles ne sont pas toutes comme ça, j'imagine. D'après ce qui se dit dans les médias, c'est plutôt les mecs qui s'en prennent aux filles ! C'est elle qui se font violer ou brûlées vives ! Tu devrais protéger ta sœur des garçons plutôt que des filles avec qui elle traîne !

Sékou

- Tu parles de faits divers exceptionnels mais bien souvent ce sont les mauvaises fréquentations qui entraînent à faire des bêtises. Tu connais l'expression « **dis-moi qui tu fréquentes et je te dirai qui tu es** ». Je fais juste attention à ce qu'elle ne soit pas considérée comme une fille facile mais j'ai confiance en elle. Elle est sérieuse, je ne risque pas un jour d'apprendre qu'elle a été victime d'une tournante.

Ma sœur, c'est l'école, la maison, comme ça elle est disponible pour aider la daronne à faire la bouffe, le ménage et le repassage. Elle au moins, elle sera une fille de bonne famille et son mari pourra être fier de sa femme.

Sophie

- Ce n'est pas un peu injuste, ta sœur aussi a le droit de s'amuser et d'avoir des amis. D'ailleurs a-t-elle un p'tit copain ?

Sékou

- Je n'en sais rien, à mon avis non, si tel était le cas je la défoncerai.

Sophie

- Tu frapperais ta sœur parce qu'elle a un p'tit copain ! Pourtant ! Tu as des copines, toi !

Sékou

- Premièrement, une bonne correction n'a jamais tué personne, deuxièmement, moi c'est pas pareil, je suis un mec. Chez nous les filles doivent être vierges avant le mariage.

Sophie

- Ça n'empêche pas d'avoir un p'tit copain, de sortir et s'amuser un peu, si ta sœur est sérieuse, elle devrait pouvoir garder sa virginité tout en ayant une vie sentimentale.

Sékou

- Je sais, mais tu comprends, les lois de la cité ne l'autorisent pas. Quand tu déroges à cette règle on te traite de pétasse, elle est encore jeune et je n'ai pas envie qu'elle tombe sur un mec qui va profiter d'elle et ensuite la jeter.

Sophie

- Tous les hommes ne sont pas comme ça, tu généralises, ce n'est pas une raison pour que ta sœur reste à la maison ou aille à l'école pendant que toi tu fais ce que tu veux. C'est quand même bizarre comme manière de procéder ! Laisse-la un peu respirer enfin ! L'autre jour, lors de l'inauguration de la maison de la mixité, j'ai entendu le Président de la république dire dans son discours « les filles des cités ne doivent pas être coupables de vouloir faire leur vie ». J'ai trouvé cette phrase remarquable, qu'en penses-tu ?

Sékou

- C'est une bien belle phrase mais dans les quartiers tu dois te plier à certaines règles pour garder une réputation intacte. Ma sœur a reçu une éducation traditionnelle qui l'empêche de faire certaines choses, c'est pas pour autant qu'elle est malheureuse et plus tard elle comprendra pourquoi nous l'avons préservée. Vous les toubabs, vous laissez vos filles vivre leur vie ! Vous n'avez plus de règles ! Plus de valeurs ! La société française a tort de juger les autres cultures quand dans certaines familles on pratique l'inceste ! Un retour à certaines valeurs leur ferait le plus grand bien !

Sophie

- Ce que tu viens de dire m'indigne, je te connaissais plus intelligent pour ne pas tomber dans ce genre de travers. Je pense qu'aucune tradition, aucune culture, aucun rite ne doit être au-dessus de la loi, la république ne saurait tolérer ce genre d'agissements sur son sol.

Sékou

- Ça, c'est en théorie parce qu'en réalité, de nos jours, la république dans les quartiers ne représente pas grand-chose. L'augmentation de l'exclusion, de la précarité, le manque de moyens pour réhabiliter nos quartiers, l'insécurité grandissante sont autant de sujets auxquels la république a failli, les gens ne sont pas dupes, ils ne croient plus aux valeurs de la république.

Sophie

- Tu fais encore un raccourci seulement pour justifier ton point de vue. Pour en revenir à ta sœur, quelles sont ses relations avec tes parents?

Sékou

- Mon père est assez sévère avec elle. Aminata et ma mère sont très complices. Elle l'éduque dans la tradition malienne, lui explique quel rôle elle devra tenir au sein de son futur foyer. Elles font tout ensemble : le ménage, la bouffe, les courses…
C'est comme ça ! Les filles à la maison, les mecs au boulot !

Sophie

- Je ne serai pas étonnée d'apprendre que ta sœur sera mariée de force comme dans le film « Fatou la malienne. »

Sékou

- Qui te parle de la marier de force ? Ce n'est pas parce qu'on éduque son enfant dans la tradition que forcément on va lui imposer un homme qu'elle n'aime pas. Et puis, avec son caractère, je ne pense pas, que cela puisse arriver.

Depuis que ma sœur a seize ans, tous les dimanches les prétendants au mariage d'Aminata viennent à la maison pour demander sa main. Mon père a tout essayé pour convaincre ma mère et ma sœur de choisir un mari, mais rien n'y fait.

Elles font bloc. Aminata veut finir ses études, même Djibril soutient ma sœur. Normal ! Avec sa mentalité de toubab, il est contre le mariage forcé, il est pour la liberté de la femme et trouve archaïques les traditions de nos parents. C'est un mec moderne qui avance avec son temps dans le pays où il est né.

Sophie

- Elle a eu de la chance cette fois-ci mais jusqu'à quand ? Des centaines de filles sont mariées de force sans qu'on puisse faire quoi que se soit !

Sékou

- Je sais bien, j'ai une cousine qui a été mariée de force, j'ai voulu raisonner mon oncle mais il m'a envoyé bouler. Il m'a traité de toubab. Je n'en revenais pas, toubab moi ! Je savais que ma cousine ne voulait pas de ce mari et qu'elle serait malheureuse avec ce mec, c'est tout ! De toute façon, pour mon oncle tout ce qui compte c'est la tradition, il a même fini par prendre une deuxième femme.

J'ai discuté de ça avec mon père pour savoir ce qu'il en pensait. Il m'a dit, tu sais mon garçon, ton oncle a le droit de se marier avec quatre femmes s'il veut, la religion l'autorise et c'est la tradition au Mali.

Avoir plusieurs femmes prouve que tu es un homme riche qui peut les entretenir.

Mais justement dans la religion, la polygamie est permise sous certaines conditions, il faut que le mari puisse garantir l'égalité entre ses femmes et surtout subvenir à leurs besoins. Ce qui n'est pas le cas de mon oncle qui vit dans un trois pièces avec quatre enfants. Je ne vois pas comment il va faire pour loger sa deuxième femme. T'inquiète pas me dit mon père. Il va se démerder pour avoir un autre appartement dans le quartier ! Moi je pense que c'est pas avec son salaire de technicien de surface qu'il va pouvoir gérer deux familles. Mais bon, s'il y arrive, franchement, chapeau ! Mais ça m'étonnerait !

Sophie

- En effet, ce ne sera pas une mince affaire sans compter qu'en France la polygamie est réprimée par la loi. Il va être en butte à d'énormes difficultés ! C'est dingue de vouloir s'accrocher à tout prix aux traditions ! Et toi, quand est ce que tu te maries ?

Sékou

- Ce n'est pas à l'ordre du jour ! Les filles d'ici sont trop difficiles, elles ne savent pas ce qu'elles veulent ! Tous mes potes qui se sont mariés sont tous en instance de divorce, ça fait réfléchir !

Sophie

- Le mariage n'est plus une valeur sûre, pas seulement en banlieue. Ça touche la société dans son ensemble.

Sékou

- Si ça continue de cette manière là, je vais me marier avec une fille du bled ! Elle ne me demandera pas de partager les tâches ménagères ou bien de faire la cuisine ! Il faut que les femmes arrêtent de croire que l'homme peut tout faire, mes potes s'embrouillaient souvent à cause de ça avec leur femme.

Sophie

- Ah ! Monsieur veut une femme soumise à sa botte ! Qui lui fasse à manger pendant que Monsieur regarde son match de foot avec ses potes. Figure-toi que nous sommes plus au Moyen Âge, la parité existe aussi dans les foyers. C'est fini le temps où la femme devait s'occuper seule de l'éducation des enfants, des tâches ménagères, de faire les courses...
Les nanas des cités ont raison de ne plus se laisser faire ! Tes potes feraient mieux de les comprendre plutôt que de leur mener la vie dure !

Sékou

- Chacun son point de vue, mes parents ont géré leur couple de cette manière-là et cela dure depuis trente ans ! Je ne vois pas pourquoi cela ne pourra pas continuer ainsi !

Sophie

- Tu me saoules avec ta vision rétrograde ! Fais comme tu le veux ! Ca m'étonnerait qu'une fille du bled puisse accepter de se marier avec toi dans ces conditions, ça ne marchera pas !

Sékou

- Tu dois être jalouse ! Tu es mariée ? Tu attends que l'âme sœur vienne te chercher ? Moi au moins je vais au bled, je me marie facilement en plus j'ai une garantie de trente ans ! Que demande le peuple ?

Sophie

- Tu parles d'une garantie ! On verra bien qui de nous deux réussira sa vie. Pour l'instant nous sommes tous les deux célibataires. Bon, changeons de sujet. Tiens parlons un peu de la relation qu'entretient Djibril avec Aminata.

Sékou

- Ils s'entendent bien. Aminata prend souvent les conseils de Djibril en considération. Un jour je les ai trouvés en pleine discussion dans la chambre. La raison de la polémique venait du fait que ma sœur avait décidé d'arrêter l'école. Djibril expliquait à Aminata qu'il ne fallait pas qu'elle se décourage. A 17 ans, qu'allait-elle bien faire ? En vérité elle kiffe le rap. Dans sa chambre, il y a une collection de posters de rappeurs ce qui lui vaut les réprimandes de la daronne qui trouve que les filles ne doivent pas écouter cette musique. Ma mère est souvent choquée quand elle voit ma sœur regarder les clips de rap où l'on véhicule une image négative de la femme. Aminata voudrait devenir rappeuse mais moi je lui répète souvent que le milieu du Rap est un univers clos et surtout très macho envers les filles.

Sophie

- Et toi qu'est-ce que tu penses du Rap ?

Sékou

- Le Rap c'est de la bombe, ça nous permet de pouvoir nous exprimer et dire ce que l'on pense de la société et du système. En ce moment la mode est au Rap Caillera ça défonce, ce Rap là dit tout haut ce que le bas peuple pense tout bas. Le Rap lui au moins, il nous représente c'est une manière de nous faire entendre.

Sophie

- Tu trouves que ce type de rap est un bon moyen d'expression, quand on dit que l'on nique le système, la société voir le pays dont on fait partie. Tu ne penses pas que cela brouille le message que vous êtes censés faire passer.

Sékou

- Le Rap représente un maillon d'une culture plus globale qu'est le Hip Hop, cette culture nous vient des Etats-Unis, Les Blacks américains s'en sont servis pour exprimer leur rage face au racisme et aux inégalités dont ils ont été les victimes. En France les groupes IAM et NTM ont contribué à faire connaître cette culture au plus grand nombre. Je me rappelle qu'au début les politiques dénonçaient régulièrement les textes de NTM mais aujourd'hui je peux t'assurer que les textes sont cent fois plus hardcore.

Sophie

- Qu'est ce qui entraîne cette radicalisation du RAP ?

Sékou

- Je te disais tout à l'heure quand on parlait de mon quartier que les problèmes ne sont pas réglés, le chômage, la précarité, la violence font partie du quotidien des jeunes des quartiers. Depuis dix ans, les choses se sont gravement détériorées, le rap d'aujourd'hui ne fait que décrire ce qui se passe dans les quartiers et les jeunes aiment s'identifier à quelque chose qu'il leur parle vraiment.

Sophie

- Quand j'écoute certains textes, je me demande sur quelle planète je suis ? Et les pauvres flics sont souvent pris en épingle !

Sékou

- Ah ça c'est sûr ! Mais que veux-tu, il y a certaines vérités qui ne sont pas bonnes à dire.

Sophie

- Je ne comprends pas où tu veux en venir.

Sékou

- Tu sais quand tu te fais contrôler dix fois dans la même journée par la même patrouille de police tu as la rage contre qui ? La police. Quand on te provoque à longueur de journée et qu'on t'insulte de sale bamboula, retourne sur ton cocotier ! Tu prends la rage contre qui ? La Police .Quand tu oses broncher on te colle une affaire d'outrage à agent ou une soi-disant incitation à l'émeute. Donc tu préfères fermer ta bouche et garder ta haine en toi.

Sophie

- Tu sais, il y a des jeunes qui sont parfois paranos, un contrôle d'identité c'est normal surtout depuis le 11 septembre. En règle générale, les choses se passent plutôt bien, les policiers sont mieux formés pour affronter ce type de situation et les dérapages sont de moins en moins fréquents. Quand ça arrive il y a des poursuites judiciaires contre les auteurs de ces actes.

Sékou

- Tu trouves toujours les mots pour les défendre mais bon la visite est terminée ; nous allons faire un tour dans le parc.

Ils quittent le centre social pour se diriger vers le parc de la cité, il est spacieux, il représente près d'un hectare mais il est complètement vide. Les habitants le désertent, il reste très peu de bancs pour s'asseoir même pas une aire de jeux pour les enfants mais cela n'a pas l'air de les déranger.
Ils décident de s'asseoir sur un banc à moitié cassé et continuent leur conversation.

EPILOGUE

Sékou

- Regarde comment il est désert ce parc, à chaque fois que je le traverse, je me dis que c'est un véritable gâchis.

Sophie

- Pourtant il y a de quoi faire pour rendre ce parc agréable !

Sékou

- J'ai l'impression que le bailleur propriétaire du parc ne fait pas son travail. Il pourrait installer des aires de jeux pour les enfants, des bancs pour les familles, entretenir la pelouse.
Oh merde ! V'la Madame Bellevue ! J'avais oublié qu'elle promenait son chien à cette heure-ci. J'espère que les jeunes se sont calmés hier soir, sinon ça va être ma fête !
Bonjour Madame Bellevue, on promène toujours son chien dans le parc !

Mme Bellevue

- Oh oui ! Ca fait quinze ans que je le promène ici à la même heure et je ne compte pas changer d'habitude.

Sékou

- Vous avez raison ! D'autant que ce parc dispose de nombreux atouts mais non valorisés.

Mme Bellevue

- Oh jeune homme ! Vous savez quand je suis arrivée à la cité Lescure, ce parc était très fréquenté par les locataires. Il y avait même un garde champêtre à cheval. Toutes les cités aux alentours nous enviaient mais depuis une quinzaine d'années, on assiste à une forte dégradation du site. La population a changé, le bailleur ne fait rien, pourtant on paye de fortes charges. Le manque de fréquentation s'explique aussi par l'insécurité ambiante, les trafiquants de drogue ont confisqué aux habitants leur lieu de vie pour en faire une zone de non droit.

Depuis trois ans, il y a moins de dealers, malgré cela les habitants ne s'approprient toujours pas ce parc, l'image négative pèse encore.

Sophie

- Pourtant, il existe un projet d'aménagement de ce parc ! Il me semble que le bailleur a changé, ce qui est plutôt une bonne nouvelle.

Mme Bellevue

- Ma pauvre fille, vous savez, cela fait une bonne dizaine d'années qu'on nous parle de ce projet ! Moi, je ne crois que ce que je vois ! Depuis le début, je participe à toutes les réunions, j'en ai vu des tonnes de projets ; maintenant, je me méfie des effets d'annonce!

Sékou

- Et à propos de la démolition des immeubles, vous êtes pour ou contre ?

Mme Bellevue

- L'état dans lequel ils sont, je pense qu'ils nous coûteraient plus cher de les réhabiliter que de les démolir. Dans le même temps, j'ai des copines qui ne veulent pas quitter leur logement, elles y ont fait toute leur vie, cela représente pour elle un choc psychologique.

Sophie

- Comment envisagez-vous l'avenir dans votre quartier ?

Mme Bellevue

- Je suis pessimiste, les pouvoirs publics ne mesurent pas dans quel état est notre quartier. Ici, on a laissé les choses se dégrader, la population a muté, ceux qui partent sont remplacés par une population extrêmement « précaire. »
Excusez-moi Monsieur Sissoko mais cette nouvelle population est souvent composée de personnes d'origine étrangère. Je n'ai qu'une envie, c'est de partir d'ici. J'ai à maintes reprises tenté d'alerter les pouvoirs publics mais en vain. Je vous laisse la place, à vous les jeunes, vous aurez plus de force que moi pour vous faire entendre.

Sékou

- Si tout le monde décide de baisser les bras, ça va être le chaos dans le quartier.

Mme Bellevue

- Jeune homme, vous êtes bien naïf ! Je suis encore l'une des rares personnes de ma génération à avoir fait le choix de rester ici. Aujourd'hui, il ne reste plus grand monde, toutes les forces vives du quartier sont parties ! Bon ! Ayez confiance en vous, moi je continue le tour du parc. Bon courage !

Sékou

- Bonne continuation Madame Bellevue.

Madame Bellevue s'en va et continue son tour du parc.

Sophie

- Tu as vu elle ne t'a même pas parlé des jeunes qui squattent les halls.

Sékou

- C'est toujours comme ça avec Madame Bellevue ! Elle est imprévisible, sur le coup elle se plaint mais le lendemain tout revient dans l'ordre.

Sophie

- Franchement Sékou, je voulais te remercier pour tout ce que tu as fait pour moi, durant ces deux jours. Grâce à toi, j'ai de la matière pour faire mon papier, je pense que mon chef va être satisfait de mon boulot.

Sékou

- Tu n'as pas à me remercier, je l'ai fait parce que tu es une amie de Lionel, j'avais aussi envie de le faire. C'est vrai que nos différentes discussions m'ont amené à évoluer sur des sujets comme la laïcité, la place de l'islam en France, le vivre ensemble, l'école…

Je me suis remis en cause sur mon passé et sur les conséquences que cela a pu produire dans ma vie ainsi que le préjudice fait à ma famille.

Il y a des choses qui ne bougeront pas, mes références au modèle anglo-saxon, sur le traitement des minorités, ma vision sur l'école, mes propositions pour changer les choses dans mon quartier, mon fort attachement au bled.

Sophie

- Moi aussi j'ai évolué, j'avais une certaine représentation des banlieues qui était, il est vrai, un peu stéréotypée. C'est une vision faussée des quartiers même s'il y a tout de même beaucoup de problèmes.

Sékou

- Les problèmes c'est comme partout, il faut toujours essayer d'identifier les différents responsables. Tu as bien vu que dans nos cités les gens n'aspirent qu'à la réussite et à la tranquillité, mais parfois certains se détournent de tout ça et posent beaucoup de problèmes. J'ai fait parti, un moment de ma vie, de ces gens là. Aujourd'hui, c'est complètement différent, je suis investi dans mon association pour faire bouger les choses.

Sophie

- Et ton frère Djibril, c'est un mec merveilleux !

Sékou

- Djibril, il est tout pour moi, il est vraiment un exemple pour tout le monde. Depuis tout petit j'ai toujours été près de lui pour le protéger face à tout ce qui pouvait se passer dans le quartier. J'ai beaucoup appris grâce à lui, sans son aide je n'aurai jamais pu avoir mon brevet des collèges ni même avoir mon BEP vente. Il m'a souvent protégé lorsque je faisais mes conneries. Ce frère là, je le kiffe, même si je lui ai mené la vie dure, et qu'il a eu à cause de moi des histoires avec la justice : j'utilisais son permis de conduire en cachette. Je me rappelle. Je sortais d'une boîte de nuit où j'avais bu le verre de trop. En cours de route, j'ai subi un contrôle de police qui s'est très mal passé car je me suis mis à insulter le flic. Pour ne pas retourner en prison, j'ai donné le nom de mon frère et ils m'ont laissé car son casier judiciaire était vierge. Six mois après cette affaire mon frère a reçu une amende pour état d'ébriété sur la voie publique. Il a porté réclamation mais rien à faire, aux yeux

de la justice, c'était lui le responsable. C'est vrai que j'ai été un lâche, j'aurai dû assumer mes actes, mais aux yeux de mon frère et de mes parents je ne pouvais pas leur dire que j'étais à l'origine de cette affaire. Des coups comme ça, je lui en ai fait pas mal. Maintenant, je regrette, il m'a évité de tomber en prison, je lui dois quelques moments de liberté. Cela fait partie des erreurs de jeunesse, je lui dois beaucoup.
Heureusement que je me suis rangé, je vais tout faire pour me racheter et devenir un exemple pour ma famille.

Sophie

- C'est un parcours comme le tien qui devrait servir de modèle pour les jeunes des quartiers.

Sékou

- Je ne cherche pas à être un modèle pour les jeunes des quartiers, j'ai commis des erreurs très tôt dans ma vie. J'aimerai pas que d'autres en fassent de même. Mais comme je te le disais, il y a des choses qui sont inadmissibles dans ce pays comme les discriminations. Cela ne nous aide pas et ce n'est pas du tout un exemple pour nos jeunes.

Sophie

- Je vais te faire une confidence, j'espère que tu ne vas pas mal le prendre. Au début, j'étais un peu sceptique, je voulais rapidement faire mon papier. Au fil de la discussion, j'ai vraiment été emballée et séduite par ton histoire. Je me suis sentie mal dans certaines situations et je voulais te dire que j'ai… parfois…j'ai… ressenti de l'affection pour toi… et je… je…n'aimerais pas que… l'on s'arrête-là.

Sékou

- C'est-à-dire, je ne comprends pas où tu veux en venir.

Sophie

- J'aimerais que l'on se voit plus souvent.

Sékou

- Tu souhaites que l'on sorte ensemble ?

Sophie

- Euh… euh … Pourquoi pas ! On pourrait se revoir plus souvent.

Sékou

- Tu veux que l'on garde contact uniquement pour que je te donne des informations sur ce qui se passe dans le quartier.

Sophie

- Je te jure que non ! Cesse d'être suspicieux un jour dans ta vie. Tu veux jouer les fiers mais je sais qu'au fond de toi, tu rêverais de sortir avec une nana comme moi.

Sékou

- Avec une femme comme toi, jamais de la vie, si c'est pour se retrouver avec un tablier et un balai à la main, non merci ! Moi aussi, je vais te faire une confidence, quand je t'ai vue pour la première fois, je me suis dit encore une petite bourgeoise qui souhaite aller explorer ce qui se passe dans les banlieues. Et comme toi mes clichés se sont vite dissipés…

Sophie

- Arrête-toi ! Tu peux me dire plus franchement que tu me kiffes.

Sékou

- Laisse-moi tranquille ! Tu sais, on ne change pas du jour au lendemain, tu as bien compris ce que je voulais dire.

Pendant que nos deux amoureux continuent leur déclaration, un jeune arrive en scooter et interpelle Sékou.

- Ton frère vient d'avoir un accident près de chez toi, il y a les pompiers et la police sur place.

Sékou et Sophie vont sur le lieu de l'accident, sur place il y a effectivement les pompiers, la police a mis en place un cordon de sécurité. Sékou essaie de savoir ce qu'il s'est passé mais personne ne donne la moindre information. Djibril est emmené d'urgence à l'hôpital le plus proche.

A l'hôpital, Djibril est emmené directement au bloc opératoire, à cet instant Lionel arrive sur place pour expliquer la situation à Sékou et Sophie.

Lionel

- Deux suspects en moto ont été arrêtés et sont passés aux aveux.

Sékou

- Que s'est il passé, dis-moi leur nom, c'est qui ? Je vais leur faire la peau. Mon frère Djibril, c'est un homme sans histoire, ils l'ont mis dans un sale état, je vais leur faire payer ce qu'ils ont fait.

Lionel

- Vu la situation dans laquelle nous sommes, ça ne sert à rien de s'énerver. Tu sais les deux suspects disent qu'ils ne voulaient pas viser ton frère.

Sékou

- Ah ouais ! De qui se moque-t-on, mon frère est entre la vie et la mort et ces deux mecs trouvent, comme seul moyen pour justifier leur acte, de dire qu'ils se sont trompés de cible.

Lionel

- D'après leur déclaration ; l'homme qu'ils souhaitaient abattre cet après-midi, c'est toi Sékou, ton frère devait sûrement aller au sport et il portait une veste que tu mettais d'habitude. Ils se sont trompés de cible.

Sékou

- Ils voulaient me faire la peau à moi ! Pourquoi ? Dis-moi qui ils sont, je vais me charger d'eux...

Lionel

- Sékou, ces deux suspects nous ont déclaré qu'ils n'acceptaient pas que tu les aies laissés tomber dans le milieu des affaires. Ils te reprochent ton discours, à cause de toi il est difficile pour eux d'attirer des jeunes dans leurs conneries, Ils voulaient faire de toi un exemple.

Sékou devient de plus en plus nerveux, il se dit que son frère est entre la vie et la mort à cause de lui, Sophie tente de le rassurer mais l'opération de son frère dure. Il est 05 heures 30 du matin, le médecin convoque la famille pour leur faire un point, Sophie se joint à eux. Il leur annonce que l'opération a été difficile et que l'état de santé de Djibril s'est brusquement dégradé il y a une heure. Djibril est décédé des suites de ses blessures. La mère de Sékou éclate en sanglots elle ne comprend pas ce qu'il lui arrive. Sékou est dans un état de choc et il fait des prières pour son frère. Sophie elle aussi essaie de rassurer la famille mais elle craque à son tour. Sékou va s'isoler dans une chambre, Sophie et Lionel vont le rejoindre. Sékou est assis sur une chaise, il entend les pleurs de sa mère dont il ne supporte plus la douleur. Il sait qu'il est responsable de ce drame, Lionel tente de le rassurer.

Sékou se lève et se dirige vers la sortie en disant qu'il va se venger, Lionel s'interpose. Sékou en profite pour lui dérober son arme, il recule et il dit.

Sékou

- Personne ne bouge, je vais venger mon frère.

Il pointe son arme vers Lionel puis vers Sophie. Ils tentent de le raisonner en disant que ça ne changerait rien et que ça ne ferait pas revenir son frère.

Sékou continue de pointer son arme vers Lionel et Sophie, voyant qu'ils ne le laisseraient pas passer, il braque l'arme sur sa tempe. Lionel et Sophie essaient de le convaincre que cela ne servirait à rien de se suicider et que sa mère avait encore besoin de lui. Soudain, Sékou lâche l'arme et s'évanouit.

Lionel et Sophie le portent sur le lit et tentent de le réveiller. Il se réveille dix minutes plus tard. Sophie lui demande si ça va : il ne sait pas où il est ; elle lui demande son nom et il répond :

- Je m'appelle Djibril Sissoko.

En répondant ainsi, qu'est-ce que Sékou a-t-il bien voulu dire ? Qu'a-t-il à s'immerger dans la peau de son frère ? Est-ce un rêve, une réalité, un mirage...

Je vous laisse le soin d'apporter vos avis, vos suggestions et vos contributions sur mon blog www.diabydoucoure.skyblog.com.

Je compte sur votre participation pour peut-être le cas échéant écrire avec vous, la suite du « bon, la douce et la caillera ».

Le mot de l'auteur

A travers cette histoire, j'ai souhaité donner à chaque lecteur une grille de lecture lui permettant de s'immerger dans un quartier, d'en comprendre son mode de fonctionnement, ces formes de régulation.

Notre pays semble de plus en plus divisé, le fossé entre nos quartiers populaires et le reste de la société s'agrandit de jour en jour.

Les préjugés, les clichés existent entre nos deux Frances, l'une se méfiant de l'autre. Il faut, au contraire que la distance qui les sépare se réduise afin de dialoguer, de proposer un nouveau projet pour une France. Une France ayant confiance en elle, garantissant à chaque citoyen l'égalité, la justice, et la sécurité. Il va falloir accompagner sur le long chemin de l'avenir ces deux Frances, et personne ne doit être laissé sur le bord du chemin.

A travers ce livre, j'ai voulu explorer par un nouveau regard nos quartiers populaires, en m'appuyant sur mon expérience d'acteur de terrain qui œuvre pour que ces quartiers ne soient plus des zones délaissées par la république. J'essaie à travers les différentes histoires et thèmes abordés d'apporter ma contribution aux débats que la France génère. C'est peut-être avec des mots que nous pourrons lever les tabous et faire avancer la société.

Dans les quartiers, règne un fort sentiment d'abandon aucune perspective de changement. Dans les quartiers, existe une forte aspiration à la réussite. Nous devons aider et accompagner ces énergies nouvelles désireuses de faire mieux que le grand passé du pays de Vercingétorix.

Ce livre doit permettre de lever les barrières qui existent dans notre société, chacun doit avoir en tête qu'il n'y a pas d'avenir possible sans une jeunesse dynamique et dynamisée et non dynamitée par la haine raciale. Cette jeunesse demande qu'on la protège contre toutes les formes d'injustices, d'inégalités et de discriminations.

La génération sacrifiée, « les déracinés » de Barbès dont je fais partie ne peut s'en laver les mains, elle a une obligation d'apporter aux futures générations toute son expérience, son aide, son savoir-faire, sa passion, sa créativité pour qu'à Barbès puissent vivre ensemble Sadio, Chérif, Fatoumata, Jean-Louis, Brahim, Mehdi, Sonia, Stéphane, Yohann, Yamina, Ahmed, Thierry dans une société où ils auraient tous leur place.

C'est avec cette conception de mon pays que j'ai voulu vous faire partager la formidable rencontre entre Djibril, Sophie et Sékou.

Diaby Doucouré

Son site : www.diaby-doucoure.com

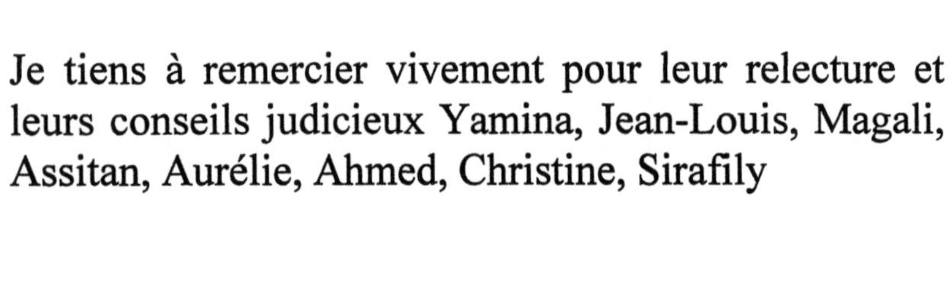
Je tiens à remercier vivement pour leur relecture et leurs conseils judicieux Yamina, Jean-Louis, Magali, Assitan, Aurélie, Ahmed, Christine, Sirafily

Tables des Matières

L'HARMATTAN, ITALIA
Via Degli Artisti 15 ; 10124 Torino

L'HARMATTAN HONGRIE
Könyvesbolt ; Kossuth L. u. 14-16
1053 Budapest

L'HARMATTAN BURKINA FASO
Rue 15.167 Route du Pô Patte d'oie
12 BP 226
Ouagadougou 12
(00226) 50 37 54 36

ESPACE L'HARMATTAN KINSHASA
Faculté des Sciences Sociales,
Politiques et Administratives
BP243, KIN XI ; Université de Kinshasa

L'HARMATTAN GUINÉE
Almamya Rue KA 028
En face du restaurant le cèdre
OKB agency BP 3470 Conakry
(00224) 60 20 85 08
harmattanguinee@yahoo.fr

L'HARMATTAN COTE D'IVOIRE
M. Etien N'dah Ahmon
Résidence Karl / cité des arts
Abidjan-Cocody 03 BP 1588 Abidjan 03
(00225) 05 77 87 31

L'HARMATTAN MAURITANIE
Espace El Kettab du livre francophone
N° 472 avenue Palais des Congrès
BP 316 Nouakchott
(00222) 63 25 980

L'HARMATTAN CAMEROUN
Immeuble Olympia
Face à la Camair
Yaoundé

601221 - Mars 2015
Achevé d'imprimer par